# Destiny Beginner

## PROMETHEUS EDITION

Fantasy-Rollenspiel
von Alexander Schiebel | AceOfDice

Destiny Beginner
Prometheus Edition
© 2013 Alexander Schiebel | AceOfDice Rollenspiele
www.aceofdice.com

Illustrationen: John Moriarty
Lektorat: Andreas Giesberth

Widmung und Danksagungen:
Ferry Dietrich, Christoph „Flanf" Flandorfer, Christian Janisch,
Gerald Janousek, Martin Jöchlinger, Felix Jonke,
Markus Leupold-Löwenthal sowie
Markus Widmer, Natascha Safarik und Roland Wild
sowie Claudia, Alina und Dominic für ihre Liebe und Unterstützung

Vielen Dank auch den hilfreichen Stimmen
im Tanelorn-Forum und im AceOfDice-Blog!

Herstellung und Vertrieb:
Prometheus Games Verlag
Christian Loewenthal & Marcel Hill GbR, Duisburg

ISBN 9 783941 077249

# INHALT

Inhalt .................................................. 3

## TEIL 1: REGELN UND SPIELLEITUNG

Einführung und Vorwort ................... 6
   Was ist ein Rollenspiel? ................. 6
   Über Destiny Beginner .................... 9
Aspekte und Werteprofil .................. 10
Würfelwürfe und Proben ................... 11
   Der W66 ........................................ 12
   Optional: Behinderung ................. 14
Konstitution ..................................... 15
   Regeneration ............................... 15
Kampf ............................................... 17
   Kampfrunde ................................ 17
   Aktion und Reaktion ................... 17
   Waffen(los) & Rüstung ................ 19
   Kreaturen/Kampfwerte ............... 20
Die Große Gabe ............................... 21
   Destiny-Punkte ........................... 22
   Beispiele ..................................... 24
Erfahrung ......................................... 25
   Questpunkte ............................... 25
   Stufenanstieg .............................. 25
Spielleitung ..................................... 26
Nicht-Spieler-Charaktere ................. 28
Abenteuergestaltung ...................... 29

## TEIL 2: ABENTEUER IN LYS MARRAH

Lys Marrah ...................................... 32
   Die Ewige Dunkelheit ................. 32
   Der Tempel des Schlafenden Gottes ..................... 33
   Der Elfenhügel ........................... 33
   Oroschgur's Achtel ..................... 34
   Die Unterstadt ........................... 34
   Herrschaft .................................. 35
   Das Schwarze Netz .................... 35
   Die Bibliothek ............................ 36
   Lys Marrah und Umgebung ........ 37
Völker in Lys Marrah ....................... 39
Waren und Preise ............................ 40
„Dunkelheit in Hmûr" ...................... 41
„Elfenhügel im Nebel" ..................... 43
„Erwartete Entführung" ................... 45
„Verfluchter Wein" ........................... 47
„Kampfgrube" ................................. 49
„Der Fluch des Weißen Vayir" ......... 52
Spielleiter-Solo ............................... 56

Beispielcharaktere .......................... 62
Charakterdokument ........................ 64
Karte von Lys Marrah ...................... 65
Index ............................................... 66
   Abkürzungen .............................. 66

# Teil 1
## Regeln und Spielleitung

# EINFÜHRUNG UND VORWORT

## Was ist ein Rollenspiel?

Wahrscheinlich ist es auch dir schon so ergangen: Du liest ein Buch und fragst dich, wie die Geschichte wohl verlaufen wäre, wenn du selbst Einfluss auf die Handlung genommen hättest. Du wünschst dir vielleicht, am Königshof eine sinistre Intrige aufzuklären, auf Schatzsuche zu gehen, mächtige Zaubersprüche zu wirken oder mit dem Schwert in der Hand einen fürchterlichen Drachen zur Strecke zu bringen. Unglücklicherweise geschieht aber im Buch immer nur das, was sich der Autor ausgedacht hat. Im Rollenspiel aber, da hast du selbst die Möglichkeit, die Handlung zu gestalten!

Rollenspiel ist das gemeinsame Erzählen einer Geschichte.

Dafür setzen sich mindestens zwei, besser vier Personen einen Abend lang an einen Tisch. Zuvor werden noch schnell Knabberzeug und Getränke zur Verfügung gestellt, ehe eine der anwesenden Personen die Funktion des Spielleiters übernimmt.

Der **Spielleiter** (SL) ist gewissermaßen Erzähler und Moderator in einer Person, während die anderen Spieler in die Rolle ihrer ganz persönlichen Hauptperson schlüpfen, ihres **Spielercharakters** (SC). Diesen verkörpern sie nun für die Dauer eines Abends. Die Spieler beschreiben Äußeres, Worte und Taten wahlweise aus der Ich-Perspektive („Ich hebe das Schwert auf und stürme lauthals brüllend auf den Troll zu!") oder in der dritten Person („Vaerion öffnet vorsichtig die Tür und lugt durch den Spalt..."). Wer schauspielerisch veranlagt ist, kann auch seine Stimme verstellen oder Mimik und Gesten einfließen lassen. Der Spielercharakter ist dabei allerdings kein Abbild des Spielers, sondern eine eigenständige Persönlichkeit, mit Stärken, Schwächen und einer eigenen Vorgeschichte.

Der Spielleiter ist Regisseur und Autor der Geschichte. Die Spieler sind Hauptdarsteller mit der Lizenz zum Improvisieren.

Bevor das Spiel los geht, werden die SCs nach den Spielregeln mit numerischen Werten ausgestattet. Diese ermöglichen das Vergleichen von Fähigkeiten zwischen Charakteren. So wird etwa ein Krieger einen höheren Stärke-Wert haben als ein Zauberer, dafür würde dieser wiederum mit hoher Intelligenz glänzen. In einem mehr oder weniger aufwändigen Prozess, den man gemeinhin **Erschaffung** nennt, werden alle möglichen spielrelevanten Details des SC in Werte gefasst. Danach kann es auch schon ins erste Abenteuer gehen.

> Erschaffung findet vor dem ersten Abenteuer statt. Sie dient dazu, Spielercharaktere mit Werten für das Spiel auszustatten.

Das **Abenteuer** ist eine Geschichte, die der Spielleiter vorbereitet hat und die er nun einen Abend lang erzählt. Vielleicht bedient er sich dabei eines vorgefertigten Konzepts, das er gekauft oder im Internet gefunden hat. Das Abenteuer ist am ehesten mit einem Drehbuch zu vergleichen, allerdings gestalten hier die Spieler das Geschehen in der Rolle ihres SC mit. Die Handlung ist dadurch in hohem Maß veränderbar, so dass auch der Spielleiter nicht weiß, wie das Abenteuer ausgehen wird. Natürlich kann er die Geschichte steuern, schließlich definiert und beschreibt er die Umgebung, z.B. Orte oder Personen, auf die die SCs im Abenteuer treffen (genannt „Nicht-Spieler-Charaktere" oder **NSCs**). Er sollte dabei weder zu Gunsten der Spieler noch gegen sie spielen, sondern unparteiisch den Gesetzen der Logik, der Spielwelt und dem Plan seines Abenteuers folgen.

> Abenteuer nennt man das „Drehbuch" des Spielleiters. Ob vollständiges Script oder Stichwörter - wichtig ist nur, dass es die Spieler fesselt und niemals langweilig wird.

Das Abenteuer kann die SCs vor allerlei Aufgaben stellen. Vielleicht müssen sie eine gestohlene Reliquie wiederbeschaffen, einen Verschwörer entlarven, eine Burg verteidigen oder einen größenwahnsinnigen Zauberer zur Strecke bringen. Was auch immer es ist, am Ende werden sie mit **Erfahrung** belohnt. Erfahrung ermöglicht es ihnen, die eigenen Werte zu verbessern, oder, wie man auch sagt: den SC zu „steigern". Dadurch wird er stärker, zauberkräftiger, geschickter oder klüger... und er wird künftig in der Lage sein, neue - noch schwierigere - Herausforderungen anzunehmen. Mit der Zeit kann so aus einem Stallburschen ein Ritter, aus einem Zauberlehrling ein Magier oder aus einem Gassenjungen ein Meisterdieb werden!

> Erfahrung ist die Belohnung für erfolgreiches Bestehen eines Abenteuers. Erfahrung verbessert die Werte und damit die Fähigkeiten des Spielercharakters.

Um so schlimmer ist es natürlich für die Spieler, wenn die SCs an den vorgegebenen Aufgaben scheitern. Bestenfalls entgeht ihnen auf diese Weise Erfahrung, möglicherweise geraten sie aber auch in Gefangenschaft und müssen im nächsten Abenteuer erst wieder ausbrechen. Schlimmstenfalls kann es zum Tod eines oder mehrerer SCs kommen.

> Ziel im Rollenspiel ist das Er- und Überleben unvergesslicher Geschichten, das Entwickeln von Charakteren und das Mehren ihrer Erfahrung.

Da das Gelingen der SCs nicht im Belieben des Spielers stehen, aber auch nicht von der Willkür des Spielleiters abhängen soll, braucht es einen unabhängigen Maßstab. Im Rollenspiel entscheiden daher die Würfel, ob z.B. der

SC in der Lage ist, einen Lavafluss zu überspringen, ein wildes Pferd zuzureiten, einem Schwerthieb auszuweichen oder einen Feuerball zu zaubern. Die Erfolgschance einer solchen **Probe** ist um so höher, je besser die Werte des SC in der jeweiligen Disziplin sind.

Proben sind Würfelwürfe des Spielers, durch die bestimmt wird, ob sein Spielercharakter in der Lage ist, eine Handlung erfolgreich auszuführen.

## Exemplarische Szene

All das könnte zum Beispiel wie folgt ablaufen. Beteiligte sind die Spieler mit den Charakteren Axias, der Dieb (A), Bandara, die Hellseherin (B) und Corkos, der Krieger (C), sowie der Spielleiter (SL):

Spielleiter (SL): Die Taverne ist stickig, dunkel und voller dubioser Gestalten. Dhorag, der Verkäufer der Karte, die zu Maergas Höhle führt, soll sich hier aufhalten.

Axias (A): Wie sollen wir diesen Dhorag finden? Wir wissen gar nicht, wie er aussieht!

Bandara (B): Möglicherweise kennt er uns.

Corkos (C): Ich geh' mal auffällig durch den Schankraum.

SL: Der Wirt faucht dich gleich an: „Waffen vorne abgeben!"

C: Ich mache ein missmutiges Gesicht und schnalle meinen Schwertgürtel ab.

A: Ich füge mich ebenfalls.

B: Ich habe nur einen Stab bei mir.

SL: Daran scheint sich keiner zu stören. Würfelt bitte eine Probe auf Intelligenz/Gesellschaft, um die Gesichter zu deuten.

C würfelt: Nicht geschafft.

B würfelt: Geschafft.

A würfelt: Geschafft.

SL: Ihr beide, Axias und Bandara, spürt, dass ihr hier nicht willkommen seid und bald Ärger bekommen werdet.

A: Wir sollten uns hier nicht länger als nötig aufhalten.

C: Ohne Dhorag gehe ich hier nicht weg.

A: Und wie sollen wir ihn erkennen?

B: Ich bin Hellseherin, schon vergessen? Ich setze meine Große Gabe ‚Magie' ein und lokalisiere Dhorag über seinen Gedankenstrom.

SL: Interessante Idee. Das ist ein Effekt ersten Grades. Würfle deine Magie-Probe.

B würfelt: Ha, geschafft!

SL: Du wendest 1 Destiny-Punkt auf, und folgendes geschieht: Dein Geist durchflutet die Taverne. Wellen unterschiedlichster Gedanken und Gefühle erreichen dich, als du die Augen schließt. Dann spürst du eine Resonanz, die zu der Schwingung des Namen Dhorag passt, öffnest die Augen und blickst auf einen Gnom, der im hinteren Drittel der Taverne sitzt und Suppe löffelt.

B: Sehr gut! Ich teile meine Erkenntnis mit Axias und Corkos.

C: Ich steuere ihn mal an und setze mich zu ihm.

SL: Noch bevor du den Tisch erreichst, stehen drei finster aussehende Gesellen auf und versperren dir den Weg. „Was wollt ihr hier?"

C: Ich ziehe mein Schwert.

SL: Das hast du abgegeben.

C: Mist...

A: Ich geh' dazwischen. „Guter Mann, regt euch bitte nicht auf. Wir wollen keinen Ärger, sondern nur mit einem Freund sprechen."

SL: „Ihr habt hier keine Freunde..."

C: Ich mach' ihn alle...

A: Ich halte unseren ungestümen Corkos am Arm zurück und lasse ein paar Silbermünzen auf die Tischplatte fallen.

SL: Die Männer blicken auf die Münzen und dann auf deinen Geldbeutel. Wie viel hast du denn bei dir?

A: Naja, ähm, laut meinem Charakterbogen sind es 24 Gold.

SL: Der finstere Typ bekommt leuchtende Augen, als er deinen fetten Geldbeutel sieht, und grinst dreckig.

C: Aus jetzt, ich schlag' zu.

SL: Na gut, ihr habt die Initiative.

C würfelt: Getroffen, 5 Schadenspunkte.

A: Oje, genau das versuchte ich zu vermeiden. Na egal, ich schummle mich an den Typen zu Dhorag vorbei. Notfalls setze ich meine Große Gabe in ‚Geschick' ein.

SL: Brauchst du nicht. Würfle einfach eine Probe auf Geschick/Kampf.

A würfelt: Gelungen.

SL: Und du, Bandara?

B: Ich seufze und versuche, unbehelligt zum Hinterausgang zu gelangen...

SL: Alles klar, nächste Kampfrunde bist du dort. Jetzt sind meine Jungs dran. Macht euch auf was gefasst...

## Über Destiny Beginner

Destiny Beginner enthält alles, was du brauchst, um ohne lange Vorbereitung ins Reich der Fantasie einzutauchen. Als Spieler kannst du binnen 5 Minuten losstarten, als Spielleiter brauchst du lediglich dieses Büchlein zu lesen. Die ebenso intuitiven wie ausbaufähigen Regeln wenden sich an Einsteiger und Umsteiger, und sie passen sich jedwedem Charakter, Abenteuer und Fantasy-Setting an.

**Teil 1** erklärt dir die Spielregeln genau so weit, wie du sie kennen musst, um mit vier selbst gewählten Werten einen SC zu erschaffen und mit zwei verschiedenfärbigen sechsseitigen Würfeln (dem „W66") Proben und Kämpfe zu bestehen. Erfahre hier, wie du mit der Großen Gabe übernatürliche Fähigkeiten einsetzt und wie sich dabei die Regeln deiner Fantasie anpassen (und nicht umgekehrt).

◉ Abschnitte, die mit diesem Symbol gekennzeichnet sind, wenden sich explizit an Spielleiter. Sie behandeln weiterführende Regeln oder Fragen, die sich vorrangig dem Spielleiter oder dem an Regeln interessierten Spieler stellen.

Im Anschluss an die Regeln folgen allgemeine Tipps zu den Themen Spielleitung und Abenteuerdesign, z.B. welche Funktion der Spielleiter im Rollenspiel erfüllt und wie er sich das System zu Nutze machen kann, um das Geschehen zu steuern. Du wirst sehen, mit Destiny Beginner hältst du ein sehr Spielleiter-freundliches Spiel in Händen, das noch dazu erweiterungsfähig ist: Destiny Beginner ist voll kompatibel mit Destiny, und beide Systeme können sogar gleichzeitig in derselben Spielrunde verwendet werden!

**Teil 2** widmet sich der fantastischen Stadt Lys Marrah. Sie soll der Hintergrund deiner Charaktere und Abenteuer sein. Enträtsle die magischen Laternen und erkunde die von Monstern bevölkerte Unterstadt. Verfolge sinistre Kräfte durch dunkle Gassen, sammle Beweise für die Machenschaften der Gnome, und hilf den Elfen und Zwergen dabei, ihr Ansehen wiederzuerlangen!

Destiny Beginner enthält sechs Szenarien für den Spielleiter sowie ein Solo, das dir, wenn du noch nie Spielleiter warst, demonstriert, wie sich ein Abenteuer aus deinen Entscheidungen und jenen der Spieler herausbildet. Schnell entschlossene Spieler finden am Ende dieses Buches auch Beispiel-Charaktere, gefolgt vom Charakterdokument und einer Karte von Lys Marrah.

Material und weitere Informationen zu den Spielen der Destiny-Reihe findest du auch auf **www.aceofdice.com**.

Nun aber viel Spaß und Freude mit Destiny Beginner und Lys Marrah!

Alexander Schiebel

# ASPEKTE UND WERTEPROFIL

Der erste Schritt zu deinem eigenen Spielercharakter besteht darin, sich ein **geistiges Bild** von ihm oder ihr zu machen. Orientiere dich eventuell an literarischen Figuren. Ist dein SC zauberkräftig wie Merlin, schlau wie Robin Hood, stark wie Conan oder ein Waldläufer wie Aragorn? Ist er überhaupt ein Mensch, oder vielleicht ein Elf, Zwerg, Ork oder Gnom?

Wähle anschließend aus nebenstehender Tabelle einen **primären Aspekt**. Dieser sollte die eine große Stärke deines SC auf den Punkt bringen.

| | |
|---|---|
| **Set 1: Generalisten** | CHARISMA (CHA): Ausstrahlung, Wirkung auf andere Lebewesen. Wichtig für: Priester, Ritter, Druiden. |
| | STÄRKE (STR): Muskelkraft, Belastbarkeit, Willenskraft. Wichtig für: Barbaren, Krieger, Söldner. |
| | GESCHICK (GSK): Körperbeherrschung, Schnelligkeit, manuelles Geschick. Wichtig für: Glückskinder, Diebe, Abenteurer, Briganten. |
| | INTELLIGENZ (INT): Bildung, Intuition, Auffassungsgabe, Empathie, Sinne. Wichtig für: Gelehrte, Späher, Barden. |
| **Set 2: Spezialisten** | NATUR (NAT): Wildnis, Tiere, Pflanzen, natürliches Umfeld. Wichtig für: Tiermeister, Waldläufer, Jäger. |
| | GESELLSCHAFT (GES): Beziehungen, Kultur, Zivilisation. Wichtig für: Handwerker, Händler, Verschwörer |
| | KAMPF (KAM): Konfrontation, Konflikt, Krieg, Kräftemessen. Wichtig für: Krieger, Kämpfer, Söldner. |
| | MAGIE (MAG): Übernatürliches, Mythologie, Zauberei, Geister. Wichtig für: Magier, Hexen, Geweihte, Schamanen. |

Wähle aus den 8 Aspekten einen primären Aspekt. Er beschreibt deine größte Stärke. Vielseitig veranlagte SCs sollten aus Set 1 wählen, Spezialisten aus Set 2.

Trage den primären Aspekt sowie die anderen 3 Aspekte desselben Sets auf einer leeren Kopie des Charakterdokuments (Seite 64) ein.

*Der Kämpfer Vaerion wählt als primären Aspekt* KAMPF *und erhält dadurch* NATUR, GESELLSCHAFT *und* MAGIE *als weitere drei Aspekte. Mouna ist Diebin. Ihr primärer Aspekt ist* GESCHICK, *ihre drei anderen Aspekte sind daher* CHARISMA, STÄRKE *und* INTELLIGENZ.

Dein SC startet mit dem Wert 43 in seinem primären Aspekt und 33 in den drei anderen.

*Vaerion hat* KAMPF 43, *Mouna hat* GESCHICK 43. *Alle anderen Werte betragen 33.*

Im primären Aspekt startest du mit 43, in den anderen dreien mit 33.

**Für Fortgeschritte:** Verschiebe bis zu 2 Punkte pro Aspekt, gleiche aber jede Erhöhung mit einer Verminderung im selben Betrag aus. Dein primärer Aspekt kann so am Ende im Bereich 41-45, die anderen innerhalb 31-35 liegen.

*Mouna erhöht* CHARISMA *um 2 Punkte auf 35 und senkt dafür* STÄRKE *und* INTELLIGENZ *je um 1 Punkt auf 32. Ihr Werteprofil lautet daher* GESCHICK 43, CHARISMA 35, STÄRKE 32, INTELLIGENZ 32.

Gib deinem SC nun einen Namen (Vorschläge findest du im Kapitel „Völker"), eine Hintergrundgeschichte und ein oder zwei prägnante Wesenszüge.

# WÜRFELWÜRFE UND PROBEN

Setzt dein Spielercharakter eine Aktion, deren Erfolg alles andere als sicher ist, kann der Spielleiter eine **Probe** verlangen. Er nennt dafür zwei Aspekte, die ihm für das Gelingen am Wichtigsten scheinen, einen aus Set 1 und einen aus Set 2.

SL: *„Ihr gelangt zu Maerga's Höhle, doch vor dem Eingang steht ein dreiköpfiger Riese mit einer großen Keule."* Vaerion: *„Den machen wir fertig."* Mouna: *„Nichts da, wir schleichen um ihn herum."* SL: *„Also gut, würfelt bitte eine Probe auf* GESCHICK/NATUR, *um den Riesen unbemerkt zu umgehen."*

Dein Charakter hat freilich nur in einem dieser beiden Aspekte einen Wert, daher ignorierst du den anderen einfach.

*Mouna hat* GESCHICK 43 *(und keinen Natur-Wert). Vaerion hat* NATUR 33 *(dafür keinen Geschick-Wert).*

Der Spielleiter stellt stets zwei Aspekte, einen aus jedem Set, auf die Probe. Du ignorierst einfach jenen, den dein SC nicht aufweist.

Nun kommt die eigentliche Probe, ein **Würfelwurf mit dem W66** (siehe unten), bei dem du kleiner oder gleich dem geforderten Aspekt würfeln musst. Gelingt dir das, so hat auch dein SC die Aktion geschafft. Überwürfelst du den Wert jedoch, so ist die Aktion misslungen.

*Würfelt Mouna kleiner oder gleich 43, so ist ihre* GESCHICK-*Probe gelungen. Würfelt sie 44 oder höher, so ist die Probe misslungen.*

Schätzt der Spielleiter eine Aktion schwieriger oder leichter ein, so kann er die **Schwierigkeit** einer Probe hinauf- oder hinuntersetzen, indem er an der Zehnerstelle des maßgeblichen Wertes dreht. Leichte Proben sind in diesem Sinne um eine Zehnerstelle erleichtert (+1), schwierige Proben um eine Zehnerstelle erschwert (-1).

*Wäre die obige* GESCHICK/NATUR-*Probe um 1 erschwert (z.B. in Ermangelung von Felsen, die man zur Deckung verwenden kann), so dürfte Mouna statt 43 nur maximal 33 würfeln und Vaerion nur bis zu 23.*

Proben gelingen bei einem Würfelergebnis kleiner oder gleich dem Wert des auf die Probe gestellten Aspekts. Boni und Mali modifizieren die Zehnerstelle.

## ⬢ Vorgaben für Proben

**Notwendigkeit.** Proben solltest du vor allem dann würfeln lassen, wenn die Aktion von Bedeutung ist. Im Zweifel verlange weniger Proben; die Spieler mögen es ohnehin, wenn ihre Aktionen ohne Würfelwurf gelingen. Bedenke gleichzeitig, dass du Proben auch gezielt einsetzen kannst, um ein Rampenlicht für denjenigen zu schaffen, der sie ablegen muss!

**Aspekt-Wahl.** Wenn du dir nicht sicher bist, welcher Aspekt auf die Probe gestellt werden soll, räume jenen Aspekten, die in der Übersicht (Seite 10) weiter unten stehen, den Vorrang ein, also MAGIE vor KAMPF, KAMPF vor GESELLSCHAFT usw.

**Schwierigkeit.** Normale Proben sind angebracht, wenn das Wort „anspruchsvoll" passt. Wenn etwas deutlich leichter als „anspruchsvoll" ist, vergib einen Bonus (oder verzichte überhaupt auf die Probe), bei erschwerenden Umständen veranschlage einen Malus.

**Konsequenzen.** Die Entscheidung, welche Folgen eine misslungene Probe nach sich zieht, liegt ausschließlich bei dir als Spielleiter. Lass dich dabei von Logik und Sinn für Drama leiten. Eine gute Richtlinie ist: Misslungene Proben machen alles ein Quäntchen schwieriger oder komplizierter. Wichtig ist, *dass* das Misslingen eine Folge nach sich zieht, z.B. Verlust von Zeit oder einer günstigen Gelegenheit, Schaden, Erschöpfung, Behinderung. Kann die Probe wiederholt werden, so bietet sich ein kumulativer Malus an, d.h. -1 für die erste Wiederholung, -2 für die zweite usw.

## Der W66

In Destiny-Rollenspielen wird für Proben der W66 verwendet. Er besteht aus einem dunklen und einem hellen sechsseitigen Würfel (W6). Wenn du mit dem W66 eine Probe würfelst, würfelst du mit beiden Sechsseitern. Der dunkle gibt die Zehnerstelle des Ergebnisses an, der helle die Einerstelle. Du kannst damit Werte **von 11 bis 66** erwürfeln.

> Beim W66 gibt der dunklere W6 die Zehnerstelle, der hellere W6 die Einerstelle an.

| W66 | heller W6 | | | | | |
|---|---|---|---|---|---|---|
| | 1 | 2 | 3 | 4 | 5 | 6 |
| **1** | 11 | 12 | 13 | 14 | 15 | 16 |
| **2** | 21 | 22 | 23 | 24 | 25 | 26 |
| **3** | 31 | 32 | 33 | 34 | 35 | 36 |
| **4** | 41 | 42 | 43 | 44 | 45 | 46 |
| **5** | 51 | 52 | 53 | 54 | 55 | 56 |
| **6** | 61 | 62 | 63 | 64 | 65 | 66 |

(dunkler W6 = linke Spalte)

Wie bereits erwähnt musst du für eine erfolgreiche Probe mit dem W66 kleiner oder gleich dem maßgeblichen Aspekt würfeln.

*Vaerions GESCHICK/NATUR-Probe gegen den Wert 33 bedeutet, dass er 11 bis 33 würfeln darf, um erfolgreich zu sein. Würfelt er 34 oder höher, scheitert seine Probe.*

Dieser Würfelwurf verrät dir aber nicht nur, *ob* die Probe gelingt, sondern auch *wie gut* sie gelingt: Zähle dafür die Werte der beiden Sechsseiter, so wie sie bei der Probe zu liegen kommen, zusammen. Du erhältst damit den **Erfolgswert** (EW). Er liegt immer im Bereich 2 bis 12.

Der Erfolgswert ermöglicht es außerdem, eine erfolgreiche Probe mit einer anderen zu **vergleichen**, z.B. Angriff vs. Verteidigung, Lügen vs. Menschenkenntnis, Schleichen vs. Aufmerksamkeit usw. Wer bei seiner (gelungenen) Probe den höheren Erfolgswert aufweist, behält die Oberhand.

*Vaerion schafft seine Probe mit „22". Sein Erfolgswert beträgt 4. Mounas Wurf zeigt „35", ihr Erfolgswert beträgt folglich 8. Der Spielleiter stellt die Wahrnehmung des dreiköpfigen Riesen auf die Probe und würfelt „12". Die Probe des Riesen ist damit zwar gelungen, doch sein EW ist niedriger als der von Vaerion und Mouna. Der Spielleiter beschreibt daher: „Geschickt schleicht ihr um den Riesen herum und verschwindet unbemerkt im dunklen Inneren von Maerga's Höhle."*

Der Erfolgswert einer gelungenen Probe entspricht der Summe der beiden Sechsseiter. Bei einem Kräftemessen gewinnt derjenige mit dem höheren Erfolgswert.

## Erfolgswerte im Detail

Sofern die Regeln nichts anderes bestimmen, wird die Qualität eines Erfolgs durch den EW bestimmt. Zuweilen beziehen sich die Regeln aber auch nur auf den größeren oder kleineren der beiden Würfel. In diesem Fall ist von **EW-g** (großem Erfolgswürfel) und **EW-k** (kleinem Erfolgswürfel) die Rede.

*Wenn du bei einer Probe „25" würfelst, hast du einen EW von 7, einen EW-g von 5 und einen EW-k von 2.*

## Glück und Unglück

Manchmal gelingen Proben besonders gut (Würfelergebnis „11") oder scheitern besonders spektakulär („66"). Die konkreten Auswirkungen legt der Spielleiter fest, wobei er durchaus in die erzählerische Trickkiste greifen kann. Für „11"-er schlagen wir als Zweifelsregel vor, dem glücklichen Charakter den maximal möglichen Erfolgswert zuzugestehen.

## Optimistisch und pessimistisch

Weiters sind die folgenden beiden Würfelvarianten von Bedeutung:

Beim **optimistischen Würfeln** darfst du das Ergebnis so deuten, dass der niedrigere Sechsseiter bei der Probe (und nicht der dunklere) die Zehnerstelle angibt.

Würfelst du bei einer optimistischen Probe „62", so wird das Ergebnis in „26" umgedeutet. Da es gilt, niedrig zu würfeln, ist diese Deutungsvariante für dich von Vorteil.

**Pessimistisches Würfeln** funktioniert umgekehrt: Hier stellt der höhere W6 die Zehnerstelle des Resultats dar.

Würfelst du bei einer pessimistischen Probe „15", so lautet das Ergebnis „51".

Du darfst entspannt davon ausgehen, dass normales Würfeln angesagt ist, solange das Regelwerk nicht explizit optimistisches oder pessimistisches Würfeln verlangt. (Letzteres zum Beispiel für Verteidigungswürfe, siehe „Kampf", Seite 18).

## Sonstige Würfelwürfe

Für sonstige Würfelwürfe mit sechsseitigen Würfeln, wie sie hin und wieder vorkommen, verwenden wir folgende Abkürzungen:

**W3** = Es wird ein sechsseitiger Würfel geworfen. 1-2 wird als „1" interpretiert, 3-4 als „2" und 5-6 als „3".

**xW6** = Es werden x sechsseitige Würfel gewürfelt und die Würfelergebnisse zusammengezählt.

**xW6 + y** = wie oben, aber am Ende wird noch y hinzuaddiert.

**x mal W6** = Es wird ein W6 geworfen und das Ergebnis mit x multipliziert.

## Optional: Behinderung

Verfängt sich ein Charakter in dichtem Buschwerk oder in einem Netz, stolpert er oder wird er abgelenkt, so schlägt sich das in **Behinderungspunkten** (BEP) nieder.

BEP sind kurzfristige (körperliche oder geistige) Beeinträchtigungen, die einmalig den Erfolgswert der nächsten gelungenen Probe verringern und damit im selben Ausmaß verschwinden.

*In Maergas Höhle gerät Vaerion mit 11 BEP in ein klebriges Netz einer Höhlenspinne. Er versucht sich loszureißen. Der SL verlangt eine Probe auf STÄRKE/NATUR. Vaerions Probe gelingt mit „26", also mit EW 8. Diese 8 Punkte werden aber durch die BEP neutralisiert, d.h. Vaerion konnte sich trotz erfolgreicher Probe nicht losreißen. Er hängt aber immerhin nur noch mit 3 BEP im Netz. Wollen wir hoffen, dass es ihm gelingt, sich bei der nächsten Probe zu befreien - ehe die Höhlenspinne naht!*

Behinderungspunkte verringern einmalig den/die nächsten EW des beeinträchtigten Charakters und verschwinden dabei.

BEP sollten erst ins Spiel gebracht werden, wenn alle am Tisch mit den Regeln ausreichend vertraut sind.

# KONSTITUTION

Dein SC wird im Abenteuer allerlei Gefahren gegenüber treten. Fallen, Feuerbälle, Giftattacken und Monster, um nur einige zu nennen, zehren beharrlich an seiner Lebenskraft. Die Energie, die ihn am Leben erhält, nennen wir **Konstitution** (KON). Sie hat bei frisch erschaffenen SCs den Wert 15.

Erleidest du Schaden, so wird dieser in **Schadenspunkten** (SP) gemessen, die in der Regel vom Spielleiter ausgewürfelt werden.

*Rechne mit 1W6 Schadenspunkten durch leichte Verletzungen, 2W6 bei schweren und 3W6 oder mehr bei fatalen Verletzungen.*

Schadenspunkte verringern sofort deine Konstitution. Den jeweils aktuellen Stand verzeichnest du auf deinem Charakterdokument.

Fällt die Konstitution **auf oder unter 0**, so verlierst du das Bewusstsein. Fällt sie **auf oder unter -6**, stirbt dein SC. In diesem Fall musst du einen neuen Spielercharakter erschaffen, um weiter am Abenteuer teilzunehmen.

> Schadenspunkte reduzieren die Konstitution. Fällt sie auf oder unter 0, verlierst du das Bewusstsein. Fällt sie auf oder unter -6, stirbt dein SC.

## Regeneration

Destiny-Abenteuer sind in Szenen gegliedert (s. nächster Abschnitt). Spielercharaktere regenerieren ihre Kräfte immer am Ende einer Szene. Den Zeitpunkt des **Szenenwechsels** verkündet der Spielleiter.

Wenn es soweit ist, würfelst du mit zwei W6 und schlägst eines der beiden Würfelergebnisse deiner Konstitution hinzu. Das andere erhöht deine Destiny-Punkte. (Ihnen widmen wir uns etwas später).

*Der Spielleiter verkündet einen Szenenwechsel. Mouna hat 11 von 15 Konstitution-Punkten und 4 von 6 Destiny-Punkten. Sie würfelt für die Regeneration „1" und „5" und verteilt in Anbetracht ihres Zustandes 5 auf ihre KON (diese steigt dadurch auf das Maximum von 15) und 1 auf ihre DP, die sich dadurch auf 5 regenerieren.*

Destiny-Abenteuer sind in Szenen gegliedert. Sobald der Spielleiter einen Szenenwechsel verkündet, wirfst du zwei W6 und schlägst ein Ergebnis deiner Konstitution hinzu, das andere deinen Destiny-Punkten.

Auch durch Heiltränke, Kräuter und längerfristige Erholung kann die Konstitution steigen. So regeneriert sie sich etwa zwischen zwei Abenteuern zur Gänze. Das **KON-Maximum**, also jener Wert, mit dem du das Abenteuer begonnen hast, kann dadurch aber nie überschritten werden. (Er steigt ausschließlich durch Erfahrung, siehe unten).

*In Maerga's Höhle wimmelt es nur so vor Fallen. Vaerion fällt in eine Speergrube und erleidet 8 Schadenspunkte. Da er vorher unverletzt war (KON 15) beträgt seine KON nunmehr 7. Glücklicherweise hat Mouna einen Heiltrank dabei, den sie Vaerion überreicht. Der Heiltrank regeneriert 10 Punkte, doch Vaerions KON kann nicht über den Ursprungswert steigen. Sie erhöht sich daher auf 15, das Maximum, die restlichen Punkte „verfallen".*

## ◉ Szenenwechsel

Wann eine Szene endet und eine neue beginnt, ist Entscheidung des Spielleiters als „improvisierender Dramaturg". Als Richtlinie mag dabei folgende Definition dienen:

Eine Szene ist ein Teil des Abenteuers, in dem die Spieler eine bestimmte Aufgabe lösen sollen, ohne dass sich Zeit und Ort wesentlich ändern.

Diese Definition soll dir als Hilfestellung dienen, das Abenteuer bewusst zu gliedern. Je öfter du Destiny-Abenteuer leitest, desto selbstverständlicher wird für dich - und für die Spieler - der regelmäßige Szenenwechsel.

In Destiny-Abenteuern werden Abschnitte, die sich für einen Szenenwechsel eignen, durch das Vorhang-Symbol ◉ visualisiert.

*Eine mögliche szenische Gliederung: Die SCs bestechen einen Eingeweihten, sie zum Tempel zu führen. ◉ Hier lösen sie ein Rätsel, um ein Portal zu öffnen. Dahinter befinden sich 4 zu bekämpfende Skelette. ◉ Auf der Treppe nach unten hört man warnende Stimmen. Im Keller wartet schon ein untoter Oger darauf, besiegt oder überlistet zu werden. ◉ ...*

Durch Szenenwechsel kannst du den Schwierigkeitsgrad des Abenteuers steuern: Viele (kurze) Szenen bedingen häufigeres Regenerieren und damit größere Kraftreserven für das Finale. Wenige (längere) Szenen bedeuten, dass die SCs mit ihrer Konstitution und ihren Destiny-Punkten verstärkt haushalten müssen.

Wir empfehlen übrigens einen Gong, ein Glockenspiel oder ein ähnliches Signal zu verwenden.

# KAMPF

## Kampfrunde

Ob die SCs gegen einen Oger kämpfen, einem Meuchelmörder hinterher hetzen oder in letzter Sekunde eine Hinrichtung verhindern wollen: Wenn es zeitkritisch wird und vielleicht sogar um Leben und Tod geht, verlangsamt der Spielleiter das Geschehen und teilt es in **Kampfrunden** (KR) ein. In einer KR (ca. 3 Sekunden) kann jeder Beteiligte eine Aktion ausüben; danach, wenn alle in dieser Weise gehandelt haben, beginnt die nächste KR.

> Zeitliche Einheit im Kampfgeschehen ist die Kampfrunde (KR). Jeder Beteiligte hat pro KR eine Aktion.

## Reihenfolge

Die Reihenfolge, in der die Beteiligten agieren, wird nur einmal, zu Beginn des Kampfes, festgelegt, und zwar abhängig von den taktischen Umständen: Gegenlicht, Überraschungsmoment oder Vorteile im Terrain können einer Partei die Initiative, also das Recht zum ersten Schlag, sichern. Im Zweifel sind die Spielercharaktere zuerst an der Reihe.

*Vor Vaerion und Mouna springt ein Felsdämon aus der Wand. Aufgrund des Überraschungsmoments erhält er den Erstschlag, d.h. alle Kampfrunden beginnen mit seiner Attacke.*

> Taktische Umstände entscheiden zu Kampfbeginn, welche Partei (SCs oder NSCs) in den Kampfrunden zuerst agiert.

Innerhalb einer Partei – SCs bzw. NSCs – gilt freie Reihenfolge, d.h. die Spieler einigen sich unter einander, wer zuerst agiert, ebenso wie der Spielleiter seine NSCs in beliebiger Reihenfolge aktiv werden lässt.

## Aktion und Reaktion

Der Charakter, der gerade an der Reihe ist, wird der Einfachheit halber „Angreifer" genannt. Er nennt seine Aktion und würfelt seine Proben. Wer davon betroffen ist, heißt „Verteidiger". Wichtig: Jeder kann nur einmal pro Kampfrunde Angreifer sein, sehr wohl aber öfters verteidigen müssen!

## Nahkampf

Im Nahkampf attackiert der Angreifer einen Gegner in unmittelbarer Nähe mit seiner Waffe. Er würfelt dafür je nach Waffenart auf GESCHICK/KAMPF (Stichwaffen) oder STÄRKE/KAMPF (alle anderen). Gelingt seine Probe, so drohen dem Gegner EW (Erfolgswert) **Schadenspunkte**.

*Der Felsdämon attackiert Vaerion mit einem KAMPF-Wert von 45 und würfelt „36" - gelungen! Vaerion drohen 9 Schadenspunkte.*

Der Verteidiger kann versuchen den Angriff abzuwehren: Auch er würfelt auf STÄRKE/KAMPF (entspricht einer Parade) oder GESCHICK/KAMPF (Ausweichen). Weil ihm aber nur ein Bruchteil von Sekunden für seine Reaktion zur Verfügung steht, würfelt er **pessimistisch** (s. Seite 14). Im Falle eines Erfolgs darf er seinen Erfolgswert von den drohenden Schadenspunkten abziehen.

*Vaerion reißt sein Schwert hoch, um den Angriff des Dämons abzuwehren. Er würfelt auf KAMPF (43), und die Würfel zeigen „24". Da Verteidigung pessimistisch gewürfelt wird, gilt das als „42"! Glücklicherweise ändert das in unserem Beispiel nichts daran, dass Vaerion erfolgreich pariert hat: Er konnte somit 6 von 9 Schadenspunkten abwehren.*

Nahkampf (STÄRKE/KAMPF oder GESCHICK/KAMPF) verursacht EW Schadenspunkte, allerdings kann der Verteidiger den Schaden mit einer pessimistischen Probe ganz oder teilweise abwehren.

Nicht verteidigte Schadenspunkte werden von der Konstitution des Verteidigers abgezogen.

*Die 3 unverteidigten Schadenspunkte reduzieren Vaerions Konstitution. Sie sinkt von 15 auf 12.*

## Fernkampf

Im Fernkampf greift der Angreifer aus der Entfernung mit einer Schuss- oder Wurfwaffe an. Er würfelt dafür auf INTELLIGENZ/KAMPF. Die Probe ist um 1 erschwert, wenn sich das Ziel „weit" entfernt befindet. Bei Wurfwaffen (Wurfdolch, Wurfaxt) ist dies außerhalb von 10 Metern der Fall, bei Schusswaffen (Bögen, Armbrüste) außerhalb von 20 Metern.

Extrem kleine Ziele (Münze, Nagetier o.ä.) erschweren die Probe zusätzlich um 1.

Im Trefferfall erleidet das Ziel EW-g Schadenspunkte, die grundsätzlich unverteidigbar sind (wer sieht schon einen Pfeil oder ein Wurfbeil rechtzeitig heranfliegen?).

*Mouna fragt: „Ich werfe meinen Wurfdolch. Wie weit bin ich entfernt?" SL: „Da du voraus geschlichen bist, würde ich meinen, 12 Meter." Mouna: „Alles klar." Mouna würfelt auf INTELLIGENZ (32). Da der Felsdämon mehr als 10 Meter entfernt ist, ist die Probe um 1 erschwert. Mouna muss also 11 bis 22 würfeln, um ihn zu treffen. Sie würfelt „14" - getroffen! - und verursacht 4 (EW-g) Schadenspunkte.*

Fernkampfattacken (INTELLIGENZ/KAMPF) sind nach Entfernung und Größe erschwert und verursachen EW-g Schadenspunkte (keine Verteidigung).

## Einschüchtern

In Destiny kann man einen Gegner, der sich in der Nähe befindet, auch besiegen, indem man seine Moral untergräbt, ihn einschüchtert oder verschreckt. Der Angreifer würfelt dafür auf CHARISMA/KAMPF und verursacht im Erfolgsfall EW-g „moralischen Schaden". Dieser wird separat notiert und aufsummiert. Erreicht oder übertrifft dieser Wert die aktuelle Konstitution des Gegners, wird er sich ergeben oder das Weite suchen.

*Der Felsdämon bäumt sich vor Vaerion auf und brüllt, dass die Höhlenwände zittern. Seine Probe auf KAMPF gelingt ihm mit „34", er verursacht damit 4 Punkte Demoralisierung. Vaerions KON beträgt weiterhin 12, doch die 4 Punkte werden notiert. Sinkt die KON später auf 4 oder darunter, wird Vaerion panisch das Weite suchen.*

> Einschüchtern (CHARISMA/KAMPF) verursacht EW-g Punkte Demoralisierung (keine Verteidigung). Übersteigt dieser „moralische Schaden" die KON des Gegners, so ist er besiegt.

Demoralisierungspunkte verschwinden (spätestens) beim nächsten Szenenwechsel.

### Einsatz der Großen Gabe

Der Einsatz der Großen Gabe ist im Rahmen einer Kampfrunde möglich. Es gelten die im Kapitel „Große Gabe" beschriebenen Regeln.

### Sonstige Aktionen

Bei anderen Aktionen, z.B. wenn die SCs einen Heiltrank aus dem Gürtel ziehen und trinken, eine Leiter hinauf klettern oder eilig ein Schloss knacken, entscheidet der Spielleiter, wieviele Kampfrunden dies in Anspruch nimmt und ob und welche Proben dafür zu würfeln sind.

Fortbewegung ist Charakteren bis ca. 20 Meter pro Kampfrunde möglich, allerdings auf Kosten ihrer Aktion.

## Waffen(los) & Rüstung

In Destiny Beginner sind alle Waffen gleich effektiv; statte deinen SC einfach mit jener Waffe aus, die stilistisch am besten zu ihm passt.

*Vaerion hat einen KAMPF-Wert, der für alle Arten von Kampfhandlungen gilt; er kann jede Waffe gleich effektiv verwenden. Mouna hingegen hat einen besseren Wert in GESCHICK als in STÄRKE und wird daher zu einer Stichwaffe greifen. Beide verursachen mit ihren Waffen aber EW Schaden.*

Wer **waffenlos** attackiert (Schlagen, Raufen, Treten...) würfelt seine Proben auf STÄRKE/KAMPF, verursacht aber nur EW-k Schadenspunkte.

Eine **Rüstung** kannst du tragen, wenn dein primärer Aspekt in KAMPF oder STÄRKE liegt. Sie schützt dich bei jedem Treffer vor 2 Schadenspunkten (sog. **Rüstschutz**, RS).

Dafür musst du allerdings damit rechnen, dass dir der Spielleiter einen Malus von -1 verordnet, wenn es darum geht, deine Beweglichkeit auf die Probe zu stellen.

*Auch Monster können Rüstschutz aufweisen. Der Felsdämon z.B. scheint einen ungewöhnlich hohen Rüstschutz zu haben, denn Vaerion und Mouna haben das Gefühl, dass ihre Treffer kaum „durchdringen", also nicht zu Schadenspunkten werden und damit auch nicht die Konstitution des Felsdämons verringern. Sie müssen sich wohl etwas anderes ausdenken.*

# Kreaturen/Kampfwerte

## Tiere

**Adler:** KAM 42, KON 6, EW-g SP, Sturmangriff
**Äffchen:** KAM 36, KON 2, 1 SP
**Bär:** KAM 33, KON 45, EW+4 SP
**Delfin:** KAM 32, KON 23, EW-g SP, Vorteil im Wasser
**Echsen:** KAM 16, KON 2, 0 SP
**Elch:** KAM 26, KON 32, EW+1 SP
**Eule:** KAM 33, KON 5, EW-k SP
**Fledermaus:** KAM 26, KON 1, 1 SP
**Flusspferd:** KAM 24, KON 36, EW+3 SP, RS 1, Vorteil im Wasser
**Geier:** KAM 43, KON 6, EW-g SP
**Hai:** KAM 36, KON 33, EW+3 SP, RS 1, Vorteil im Wasser
**Hirsch:** KAM 36, KON 27, EW+1 SP
**Hund:** KAM 36, KON 9, EW-g SP
**Insekten:** KAM 26, KON 1, Schwarm
**Kamel:** KAM 26, KON 21, EW-g SP
**Katze:** KAM 33, KON 5, 1 SP
**Krokodil:** KAM 34, KON 18, EW+2 SP, Vorteil im Wasser
**Kröte:** KAM 16, KON 3, Gift
**Löwe:** KAM 44, KON 36, EW+2 SP, #AT 2
**Nashorn:** KAM 33, KON 32, EW+3 SP, RS 1, Sturmangriff
**Papagei:** KAM 33, KON 3, 1 SP
**Pferd, ungezähmt:** KAM 26, KON 27, EW SP
**Rabe:** KAM 31, KON 3, EW-k SP
**Ratte:** KAM 26, KON 2, 1 SP
**Raubkatzen:** KAM 52, KON 18, EW+1 SP
**Rind:** KAM 23, KON 32, EW SP, RS 1
**Schakal:** KAM 36, KON 9, EW-g SP
**Schlange, Gift-:** KAM 26, KON 1, Gift
**Schlange, Würge-:** KAM 43, KON 14, EW SP, Behinderung, Vorteil im Wasser
**Wildschwein:** KAM 33, KON 15, EW SP
**Wolf:** KAM 46, KON 10, EW-g SP

## Monster

**Basilisk:** KAM 46, KON 36, EW+2 SP, RS 2, Lähmung/Versteinerung
**Drache:** KAM 46, KON 90, EW+4 SP, RS 1, #AT:2, Sturmangriff
**Einhorn:** KAM 51, KON 27, EW+2 SP, Sturmangriff
**Feuerelementar:** KAM 53, KON 36, EW+2 SP, Feuer
**Fleischfressende Pflanze:** KAM 33, KON 9, EW SP, Behinderung
**Ghul:** KAM 44, KON 23, EW+2 SP, #AT: 2, Regeneriert
**Goblin:** KAM 33, KON 15, EW-g SP
**Golem:** KAM 46, KON 36, EW+4 SP, RS 2
**Greif:** KAM 46, KON 45, EW+3 SP, #AT: 2
**Harpyie:** KAM 52, KON 15, EW-g SP, Sturmangriff
**Höllenhund:** KAM 42, KON 11, EW SP, #AT: 2
**Hydra:** KAM 36, KON 36, EW+2 SP, #AT: 4
**Mantikor:** KAM 43, KON 36, EW+2 SP, #AT: 3, Gift
**Mumie:** KAM 53, KON 27, EW+1 SP, Regeneriert
**Oger:** KAM 33, KON 41, EW+4 SP
**Ork-Krieger:** KAM 43, KON 21, EW SP
**Quadropus:** KAM 33, KON 14, EW-g SP, #AT:3, Vorteil im Wasser
**Riesenaffe:** KAM 33, KON 27, EW+2 SP
**Riesenassel:** KAM 36, KON 6, EW-k SP, RS 1
**Riesenechse:** KAM 46, KON 11, EW-g SP
**Riesenfledermaus:** KAM 46, KON 9, EW-g SP, Dunkelsicht
**Riesenspinne:** KAM 36, KON 36, EW SP, #AT:2
**Säbelzahntiger:** KAM 53, KON 40, EW+5 SP, #AT:2
**Sirene:** KAM 36, KON 14, Magie, Magieresistenz
**Skelett:** KAM 36, KON 15, EW-g, RS 2, Regeneriert
**Werwolf:** KAM 43, KON 27, EW+1 SP, #AT:2
**Wraith:** KAM 36, KON 18, EW SP, #AT:2, Magie, Vampir
**Wyrm:** KAM 44, KON 23, EW SP

## Beispielgegner

**Bandit:** KAM 33, KON 10, EW-g SP
**Pöbel:** KAM 31, KON 9, EW-g SP
**Ritter:** KAM 43, KON 18, EW SP, RS 2
**Wache:** KAM 36, KON 15, EW SP

Die angeführten Besonderheiten sind nach Ermessen auszugestalten oder zu ignorieren. Sie werden im Destiny Regelwerk näher ausgeführt und sind hier v.a. der Vollständigkeit halber angegeben.

# DIE GROSSE GABE

Im Rahmen seines primären Aspekts hat dein Spielercharakter die Möglichkeit, besondere Fähigkeiten ins Spiel zu bringen - Fähigkeiten, die über das Alltägliche hinaus reichen und ihn besonders und einzigartig machen!

*Vaerion hat die Große Gabe im Bereich* KAMPF, *Mouna im Bereich* GESCHICK.

Dieses Potenzial wird *Große Gabe* genannt. Sie kann klassische Zaubersprüche wie Feuerball und Teleport ebenso umfassen wie das Entwaffnen eines Gegners, das Herbeirufen eines Tieres oder das Sehen in völliger Dunkelheit. Die Große Gabe eines Charakters vereint all jene besonderen Fähigkeiten, die von seinem primären Aspekt umfasst sein können.

*Käme Mouna z.B. auf die Idee, einen Feuerball zu zaubern, so würde der Spielleiter entscheiden, dass dies nichts mit* GESCHICK *zu tun hat und daher auch mit der Großen Gabe* GESCHICK *nicht verwirklicht werden kann.*

Zu welchen Effekten die Große Gabe konkret befähigt, wird nicht im Vorhinein definiert. Vielmehr entscheidest du erst während des Spiels, ob, wie und wofür du sie einsetzt. Lass dich dabei von deiner Kreativität und Fantasie leiten!

*Mouna kann alles tun, was sie sich von einer Diebin mit* GESCHICK *erwartet: Schlösser knacken, unhörbar schleichen, über ein Seil balancieren, Fallen entschärfen u.v.a.*

Handlungen, die theoretisch jedem SC gelingen können, erfordern übrigens nicht den Einsatz der Großen Gabe (siehe exemplarische Szene Seite 8).

Die Große Gabe ermöglicht Charakteren den Einsatz besonderer Fähigkeiten. Die Wirkung ist auf den primären Aspekt beschränkt und im Anlassfall gemeinsam mit dem Spielleiter auszugestalten.

## Rassen und Völker

Rassenfähigkeiten, wie sie oft besonderen Völkern, z.B. Elfen und Zwergen, angeboren sind, werden in Destiny Beginner ausschließlich über die Große Gabe abgebildet.

Wenn du also typische Merkmale einer Rasse ins Spiel bringen möchtest, so kannst du sie im Rahmen der Großen Gabe umsetzen, soweit sie von deinem primären Aspekt umfasst sind.

*Ein Elf, der INTELLIGENZ als primären Aspekt besitzt, könnte mit seiner Großen Gabe durchaus in Dunkelseit sehen. Er wird allerdings nicht, wie andere Elfen, mit Tieren sprechen können, da dies unter die Große Gabe in NATUR fallen würde.*

## Destiny-Punkte

Ins Spiel gebracht wird die Große Gabe mit **Destiny-Punkten** (DP). Spielercharaktere beginnen jedes Abenteuer mit so vielen DP wie ihre Stufe beträgt. Bei frisch erschaffenen Charakteren sind das 6 Destiny-Punkte, da sie mit Stufe 6 starten (siehe Kapitel „Erfahrung").

Durch den Einsatz der Großen Gabe sinken die Destiny-Punkte, am Beginn einer neuen Szene steigen sie jedoch wieder: Sobald der Spielleiter einen **Szenenwechsel** verkündet, würfelst du mit zwei W6 und schlägst, wie auf Seite 15 beschrieben, eines der beiden Würfelergebnisse deinen Destiny-Punkten hinzu. Das andere Ergebnis erhöht deine Konstitution. Die Destiny-Punkte können auf diese Weise nicht über ihren Ursprungswert steigen.

### Mächtigkeit

Um die Große Gabe einzusetzen, beschreibst du zunächst die beabsichtigte Wirkung. Bei Effekten, die sich in Punkten (Schadenspunkten o.ä.) ausdrücken lassen, kannst du zwischen 1W6, 3W6 und 5W6 Punkten wählen.

Der Spielleiter ordnet dem beschriebenen Effekt nun einen **Grad von 1 bis 3** zu.

Die Entscheidung über den Grad bestimmt, wieviele Destiny-Punkte du aufwenden musst. Wenn du zu wenige DP übrig hast oder dir der Effekt doch zu aufwändig erscheint, kannst du es dir aber anders überlegen.

| Effekt | hilfreich | wirkungsvoll | dramatisch |
|---|---|---|---|
| **Grad** | 1 | 2 | 3 |
| Wirkung* | 1W6 (EW-g) | 3W6 (EW+W6) | 5W6 (EW+3W6) |
| DP | 1 | 3 | 5 |

Übertreibst du es mit der Mächtigkeit, indem du einen Effekt beschreibst, der jenseits von „dramatisch" liegt, so kann der Spielleiter diesen verweigern.

*So zum Beispiel wenn du deine Große Gabe STÄRKE verwenden wolltest, um eine Insel an Land zu schieben. Derartiges sollte Göttern vorbehalten bleiben.*

### Probe

Der Einsatz der Großen Gabe erfordert eine Probe auf den primären Aspekt. Nur wenn sie gelingt, kommt auch der Effekt zu Stande. Dein SC muss sich aber in jedem Fall die erforderlichen Destiny-Punkte abstreichen.

---

\* **Für Fortgeschrittene**: Beim Auswürfeln der Wirkung kann der Erfolgswert der Große Gabe-Probe (s.u.) gleich miteinbezogen werden. In diesem Fall wird die Wirkung nicht gesondert ausgewürfelt, sondern es wird gleich das Ergebnis der Große Gabe-Probe herangezogen und je nach Grad (1) EW-g, (2) EW+W6, (3) EW+3W6 Punkte bewirkt.

Der Einsatz der Großen Gabe hängt vom Gelingen einer Probe ab und kostet in jedem Fall - ob gelungen oder misslungen - Destiny-Punkte.

## ⬢ Details zur Wirkung

Ist die vom Spieler beschriebene Wirkung in Punkten bezifferbar (Schaden, Konstitution, Behinderung o.ä.), so ist es mit Hilfe der Tabelle vergleichsweise einfach, den **Grad** zu bestimmen.

*Die Spieler bekommen Besuch von einer Freundin, die kurz entschlossen mitspielt. Erschaffen wird die Magierin Navarah (primärer Aspekt MAGIE), die zufälligerweise ebenfalls in Maerga's Höhle umher schleicht und gerade recht kommt, um den anderen im Kampf zu helfen. Sie wirft einen Flammenstrahl auf den Felsdämon.*

*Dies lässt sich in Schadenspunkten ausdrücken. Navarah möchte möglichst viele verursachen und entscheidet sich für 5W6 Schadenspunkte. Damit handelt es sich um einen Effekt 3. Grades.*

Bei Wirkungen, die sich nicht in Punkten messen lassen, beurteilst du den Effekt „aus dem Bauch heraus" als hilfreich, wirkungsvoll oder dramatisch. Im Zweifel hat der angestrebte Effekt Grad 2. Grad 1 ist für „kleine, aber feine" Vorteile reserviert, und Grad 3 für Effekte, die „das Ruder herum reißen".

*Ashantu möchte, um sich eine gefährliche Kletterpartie zu ersparen, 20 Meter hoch levitieren. Das ist mehr als bloß hilfreich, findet der Spielleiter und misst dem Effekt Grad 2 zu.*

Der Spielleiter ordnet dem gewünschten Effekt einen Wirkungsgrad von 1, 2 oder 3 zu.

### Anwendungs- und Wirkungsdauer

Grundsätzlich braucht ein Charakter nur 1 Kampfrunde, um die Große Gabe einzusetzen.

Wird die Große Gabe aber mit einer regulären Aktion kombiniert und decken sich beide Proben-Aspekte, so kann beides - reguläre Aktion und Große Gabe - mit einer einzigen Probe innerhalb derselben Kampfrunde bewirkt werden. Die reguläre Wirkung wird dann um die der Großen Gabe ergänzt!

*Vaerion attackiert seinen Gegner mit dem Schwert (reguläre Aktion mit KAMPF), möchte aber mit seiner Großen Gabe KAMPF besonders kritisch (Grad 2) zuschlagen. Er würfelt „24" - gelungen - und verursacht 6 Schadenspunkte (regulär) plus 3W6 durch die Große Gabe.*

Die meisten Wirkungen sind Einmal-Effekte. **Dauereffekte**, die mit der Großen Gabe bewirkt werden, währen im Zweifel bis zum Ende der Szene.

## Beispiele

*Beispiel 1: Da den Felsdämon normale Attacken kalt lassen, setzt Vaerion seine* KAMPF-*Gabe im 3. Grad ein (was ihn 5 Destiny-Punkte kostet). Sein spezieller Angriff verursacht 5W6 unvermeidliche Schadenspunkte - vorausgesetzt, Vaerion gelingt die Probe. Er würfelt auf seinen* KAMPF-*Wert - „41" - gelungen! Die Klinge dringt mit 5 + 3W6 Schadenspunkten tief in den Leib der Kreatur ein. Das lässt selbst den Felsdämon nicht kalt!*

*Beispiel 2: Die Charaktere gelangen zu einer Kaverne voll giftigem Nebel. Die Zauberin Navarah, die sich unseren Abenteurern angeschlossen hat, hebt die Arme und spricht magische Worte. Zum Spielleiter gewandt: „Ich setze meine Große Gabe in* MAGIE *ein und teile den Nebel, so dass ein Pfad entsteht, dem wir unversehrt folgen können." Der Spielleiter nickt und sagt: „Das ist ein Effekt 2. Grades." Navarah muss also 3 Destiny-Punkte einsetzen. Leider scheitert ihre Probe. Sie verliert 3 DP, am Nebel ändert sich aber nichts.*

*Beispiel 3: Vaerion: „Wenn wir nur wüssten, wo der Ausgang ist, dann könnten wir die Luft anhalten und durchlaufen." Mouna: „Dann werd' ich mir das mal ansehen." Zum Spielleiter gewandt: „Reicht der Nebel bis zur Decke?" SL: „Nein, er liegt ca. 4 Meter dick über dem Boden, aber darüber ist noch ein knapper Meter nebelfrei." Mouna: „Gut. Ich setze meine Große Gabe in* GESCHICK *ein und klettere wie eine Spinne an der Decke." SL: „Das ist ebenfalls ein Effekt 2. Grades." Mouna würfelt die Probe, und sie gelingt. Sie verliert 3 DP und grinst. „Wow, was für eine Aussicht von hier oben!" Vaerion: „Ich kann gar nicht hinsehen…" Navarah: „Warte! Ich spreche noch einen kleinen Schutzzauber über dich, falls dich da oben irgendetwas anfällt." Zum SL gewandt: „Ich habe noch 1 DP, was kann ich damit tun?" SL: „Damit kannst du Mouna immerhin eine schützende Aura im Wert von EW-g Punkten angedeihen lassen." Navarah würfelt, die Probe gelingt mit „25". „Alles klar, du bist vor den nächsten 5 Schadenspunkten geschützt." Mouna bedankt sich und krabbelt davon.*

### Einige „klassische" Effekte

Die folgenden Effekte sind als Beispiele gedacht. Fühle dich ermuntert, weitere zu erfinden!

**Charisma:** Suggestion, Hypnose, mit Geistern sprechen, inspirieren, segnen, Furcht einflößen

**Stärke:** übernatürliche Kraftakte, Resistenz gegen Gifte und Krankheiten, ungeahnte Kraftreserven

**Geschick:** Spinnenklettern, laufen wie der Wind, Schlösser öffnen, Gegenstände tauschen/verschwinden lassen

**Intelligenz:** Witterung aufnehmen, im Dunkeln sehen, perfektes Gedächtnis, Eingebungen, Visionen

**Natur:** Tiere rufen oder beherrschen, Sprache der Tiere, seltene Pflanzen über Geruch finden, unter Wasser atmen, Terrain nutzen

**Gesellschaft:** Zugang zu Schattenwaren/Informationen, Fremdsprachen sprechen, Schriften entziffern, übersinnliche Empathie/Gedanken lesen

**Kampf:** Rundumschlag, stärkere Attacken, Kampfakrobatik, Entwaffnen, Immobilisieren (mittels BEP)

**Magie:** Feuerball, Schutzzauber, Paralysieren, Teleport, Telekinese, Illusionen

# ERFAHRUNG

Die Erfahrung eines Spielercharakters kann an seiner Stufe abgelesen werden. Frisch erschaffene SCs haben von vornherein Stufe 6, um vom ersten Abenteuer an bereits ein Quäntchen fähiger zu sein als „normale" Menschen.

> Die Erfahrung eines Spielercharakters kann an seiner Stufe abgelesen werden. Frisch erschaffene SCs starten mit Stufe 6.

## Questpunkte

Damit sich SCs weiter entwickeln, erhalten sie vom Spielleiter am Ende jedes Abenteuers **Questpunkte** (QP) verliehen. Je nach „Abenteuerdichte" können das 5, 10 oder vielleicht sogar 15 QP sein.

Sobald du doppelt so viele Questpunkte gesammelt hast wie deine aktuelle Stufe beträgt, verschwinden diese Questpunkte, und dein Charakter steigt auf die nächsthöhere Stufe. Überschüssige Questpunkte kannst du mitnehmen.

*Um von Stufe 6 auf Stufe 7 zu steigen, brauchst du 6 x 2 = 12 QP. Hattest du vorher 5 QP und bekommst nun 10 QP, so bleiben dir nach der Steigerung 3 QP übrig. Um dann von Stufe 7 auf Stufe 8 zu steigen, benötigst du in Summe 14 QP, von Stufe 8 auf Stufe 9 sind es 16 QP usw.*

## Stufenanstieg

Bei Erreichen einer neuen Stufe hast du zwei verschiedene Optionen, für die du dich entscheiden kannst:

♦ Entweder du erhöhst einen deiner vier Aspekte um 1 Punkt. Bedenke, dass wir uns im Wertefeld des W66 bewegen (vgl. Seite 12), d.h. wenn du beispielsweise einen Wert von 36 um 1 steigerst, ergibt das 41, weil Werte von 37 bis 40 nicht auf dem W66 abgebildet werden.

♦ Alternativ kannst du deine Konstitution um 4 Punkte erhöhen.

Vergiss nicht, dass mit deiner Stufe auch deine Destiny-Punkte steigen!

> Tausche doppelt so viele Questpunkte, wie deine derzeitige Stufe beträgt, gegen einen Stufenanstieg ein. Erhöhe dabei entweder einen deiner vier Aspekte um 1 Punkt oder deine Konstitution um 4 Punkte.

# SPIELLEITUNG

Wenn du dieses Kapitel liest, ist die Wahl des Spielleiters auf dich gefallen, oder du interessierst dich zumindest dafür. In beiden Fällen: Herzlichen Glückwunsch, denn als Spielleiter nimmst du eine besondere Funktion im Spiel ein! Du bist Erzähler, Schiedsrichter, Moderator, Dramaturg ebenso wie Gegenspieler, Verbündeter und neutraler Beobachter. Aber unabhängig davon, welche dieser vielen Rollen du gerade einnimmst: Dein oberstes Ziel ist es stets, für alle am Spiel Beteiligten ein möglichst erfüllendes Abenteuer zu leiten.

> Spielleiter-Sein bedeutet, das Abenteuer so zu inszenieren, dass alle möglichst viel Freude daran haben.

Spielleiter zu sein ist eine Herausforderung eigener Art, die mit nichts zu vergleichen ist und große Freude und Befriedigung bringen kann. Die folgenden Tipps und Hinweise sollen dir dabei helfen, dieses Ziel mit möglichst einfachen Mitteln zu erreichen.

## Allgemein

Als Spielleiter kontrollierst du alle Vorgänge und Elemente der Spielwelt mit Ausnahme der Worte und Taten der Spielercharaktere (die sind Sache der Spieler). Du lässt Tiere und Monster erscheinen, beschreibst Örtlichkeiten, ja sogar Wind und Wetter. Vor allem aber bestimmst du, was Nicht-Spielercharaktere (NSCs) tun und sagen und wie sie auf die SCs reagieren.

*Spieler A: „Ich packe den Wirt am Kragen." SL: „Drei Gäste springen von ihrem Tisch auf." Spieler B: „Wollen sie etwa gehen?" SL: „Nein, sie kommen dem Wirt zu Hilfe."* ...

Indem du schilderst, was die SCs sehen und hören, bist du ihre Augen und Ohren in der Spielwelt. Wenn die Spieler mehr wissen wollen, werden sie dir durch Fragen weitere Details entlocken. Nicht alle diese Details wirst du immer gleich parat haben.

*Woher weißt du, was geschieht, wenn die SCs den Wirt am Kragen packen, wieviele Freunde er in der Taverne hat und wie stark diese sind?*

Zu deinen Informationsquellen zählen das Abenteuer (s. Seite 7), die Gesetze der Spielwelt, die Regeln, weiters deine Fantasie, dein Sinn für Logik und Drama sowie die Würfel. Letztere kannst du immer dann befragen, wenn der Zufall ins Spiel kommen soll.

## Storytelling

Mit dem Abenteuer solltest du gut vertraut sein. Unabhängig davon, ob du es selbst geschrieben hast oder ein vorgefertigtes Szenario verwendest, bist du derjenige, der es so inszeniert, dass die Spieler größtmöglichen Spaß daran haben. Dazu gehört aber ein souveräner Überblick über Örtlichkeiten, Persönlichkeiten und den wahrscheinlichen Handlungsverlauf.

*Spaß kann heißen Spannung, interessante Geschichten, taktische Kämpfe, Rätsel, Humor usw. Versuche herauszufinden, was dir und deinen Spielern besonderen Spaß bereitet, dann weißt du auch, wie das Abenteuer beschaffen sein muss, damit es seinen Zweck erfüllt.*

Weichen die Spieler vom Abenteuerplan ab (was keine Seltenheit ist), so ist es deine Aufgabe, beide wieder zusammen zu führen, z.B. indem du die Spieler subtil zurück auf Kurs bringst oder den Plot spontan umgestaltest. Oft wird es wohl eine Mischung aus beidem werden.

Darüber hinaus denkst du dir Konsequenzen für die Handlungen der SCs aus. Dadurch bleibt das Setting lebendig und die Geschichte spannend. Das Wechselspiel zwischen dir und den Spielern garantiert, dass keiner von euch im Vorhinein weiß, wie das Abenteuer ausgeht.

## Struktur

Als Spielleiter gibst du gewissermaßen einer interaktiven Geschichte Struktur. Du lenkst den Fokus auf jene Teile, in denen die Spieler wichtige Entscheidungen zu treffen und Aufgaben zu lösen haben. Soll sich der Fokus ändern (weil alles erledigt ist oder allen langweilig wird), leitest du sanft zur nächsten Szene über und beeinflusst so Verlauf und Tempo der Geschichte. Dazu gehört auch, die Uhrzeit im Auge zu behalten.

*Musst du das Abenteuer mitten im Finale unterbrechen, weil sonst keiner mehr die letzte Straßenbahn erreicht, so ist ein großer Teil der Stimmung dahin.*

## Regeln

Regeln müssen immer wieder interpretiert oder analog angewendet werden. In solchen Situationen ist es an dir, zu entscheiden, wann welche Regel wie ausgelegt werden soll.

Natürlich muss in Regelfragen jemand das letzte Wort haben, und gewiss ist dieses bei dir gut aufgehoben. Wir wollen dich aber dennoch ermuntern, Regelfragen nicht diktatorisch, sondern im Einvernehmen mit den Spielern zu lösen, am besten in entspannter Atmosphäre nach dem Abenteuer. Betrachte vor allem solche Spieler, die mit dem Regelwerk oder mit Rollenspielen im allgemeinen bereits Erfahrung haben, als Verbündete.

## Weitere Kurztipps

**Entwickle eine Geschichte.** Verbinde die Szenen zu einer logischen, möglichst interessanten Handlung.

**Gib den Spielern Freiraum.** Notfalls schaffe die Illusion, dass sie die Ereignisse beeinflussen können. Degradiere sie keinesfalls zu Zuhörern oder Statisten.

**Mach es spannend.** Schaffe Spannung durch brenzlige Situationen, unerwartete Wendungen und gefährliche Kämpfe.

**Fordere die Spieler.** Am Ende sollten sie das Gefühl haben, etwas Herausragendes vollbracht zu haben.

## Die Faszination des Spielleitens

Spielleiten mag mit mehr Aufwand und Verantwortung verbunden sein, aber es bedeutet auch mehr Einfluss auf das Geschehen. Es beschert dir enthusiastische Freude beim Vorbereiten des Abenteuers und große Abwechslung durch das Verkörpern verschiedenster Charaktere. Gelingt es dir dann auch noch, dass jeder ein Stück dessen erhält, weswegen er überhaupt zum Spielen gekommen ist, dann wirst du wissen, warum sich Spielleiten so richtig gut anfühlen kann.

Und keine Sorge: Solange du darauf abzielst, dass alle ihren Spaß haben, kannst du als SL vieles richtig, aber wenig falsch machen. Sei also entspannt. Nimm dich selbst und das Abenteuer (und all die gut gemeinten Tipps hier) nicht zu ernst. Experimentiere einfach und genieße!

# NICHT-SPIELER-CHARAKTERE

Eine deiner wichtigsten (und vergnüglichsten) Funktionen als Spielleiter ist das Verkörpern aller Nicht-Spieler-Charaktere, die den SCs im Abenteuer über den Weg laufen: vom fahrenden Händler über den bösen Zauberer, Monster und Drachen, bis hin zum namenlosen Gassenjungen, den die SCs für einen kleinen Auftrag bezahlen.

Insbesondere musst du dir überlegen (oder überlegt haben), wie diese NSCs aussehen, welche Agenda sie verfolgen, wie sie den Spielercharakteren gegenüber eingestellt sind und wie sie auf sie in den diversen Situationen, die das Abenteuer hervorbringen wird, reagieren könnten.

## Werteprofil

Auch die Werte der NSCs wollen vorbereitet sein, um sie auf die Probe stellen und ihre Fähigkeiten mit jenen der SCs vergleichen zu können. In Destiny Beginner ist es denkbar einfach, NSCs mit Werten auszustatten: Wähle - wie bei der Erschaffung von SCs - das passende Aspekte-Set und lege die Werte innerhalb des Wertebereichs des W66 fest.

| | |
|---|---|
| 61-66 | legendär |
| 51-56 | Veteran, Experte |
| 41-46 | erfahren, Meister |
| 31-36 | durchschnittlich |
| 21-26 | armselig |
| 11-16 | behindert, infirm |

## Besondere Fähigkeiten

Soll ein NSC besondere Fähigkeiten aufweisen, gib ihm einfach in einem seiner Aspekte die Große Gabe und verfahre damit im Spiel wie folgt:

- NSCs haben keine Destiny-Punkte. Sie „bezahlen" den Einsatz ihrer Großen Gabe mit Konstitution-Punkten.
- NSCs können ihre Große Gabe so oft einsetzen, bis sie mehr als die Hälfte ihrer KON dafür aufgewendet haben.
- NSCs dürfen ihre Probe zum Einsatz der Großen Gabe optimistisch würfeln, wenn sie sich dafür [Grad + 1] Kampfrunden Zeit nehmen.

### Tot oder lebendig

Die für die SCs relevante Schwelle des Todes gilt für NSCs nicht. NSCs sind der Einfachheit halber „ausgeschaltet", sobald ihre KON auf oder unter 0 fällt.

# ABENTEUERGESTALTUNG

Manche Spielleiter brauchen ein minutiöses Drehbuch, andere kommen mit einem Absatz zur Handlung und einer Liste von Namen aus; oft ist ein Abenteuerplan nichts anderes als „vorbereitete Spontaneität". Die folgenden Tipps sollen dir helfen, selbst ein interessantes Abenteuer zu gestalten.

**Weniger ist mehr.** Konzentriere dich auf 1-2 stilgebende Elemente und versuche nicht, alle Ideen, die du hast, in einem einzigen Abenteuer umzusetzen. Sorge lieber dafür, dass es ausreichend Konflikte und widerstreitende Parteien gibt. Konflikt ist das Salz in der Suppe jeder Geschichte!

*Wenn die SCs von Lys Marrah nach Ras Korgoth reisen und auf dem Weg eine alte Ruine plündern, ist das nur halb so spannend, wie wenn eine zweite Abenteurergruppe vor Ort ist, um ebenfalls Schätze zu erbeuten, und sich dann auch noch der örtliche Baron einmischt.*

**Starke Motivation.** Abenteuer begeistern die Spieler vor allem dann, wenn sie einen direkten Bezug zur Vorgeschichte ihres SC haben. Ermuntere die Spieler gleich bei der Erschaffung, ihre SCs mit Vorgeschichten auszustatten, an die du bei Gelegenheit anknüpfen kannst.

*So könnte z.B. die verschollene Schwester eines der SCs aufgetaucht sein, oder die Burg des Vaters eines der SCs wird angegriffen.*

**Kulissen.** Inspiriere die Vorstellungskraft der Spieler, indem du interessante Örtlichkeiten einbaust.

*Eine Burg im Fluss, ein Tempel hinter einem Wasserfall, ein Dorf im Schatten einer Felsnadel machen mehr her als ein gewöhnlicher Weiler oder die übliche Burg am Hügel.*

Örtlichkeiten, die an den SCs nur „am Rande vorüber ziehen", verdienen in der Vorbereitung nicht mehr als 2-3 Stichwörter. Solche, die bedeutsam sind, an denen z.B. die große Schlacht oder eine wichtige Spurensuche stattfindet, solltest du dafür im Detail planen, vielleicht sogar vorzeichnen.

**Begrenzter Schauplatz.** Die beste Vorbereitung nützt nichts, wenn die SCs am Ort der Handlung vorbei marschieren. Deshalb zwei Tipps:

1. Verschleiere nicht, wo die Handlung stattfindet. „Dort, jenseits der Berge, findet Ihr den Tempel!" macht sich gut im Film, doch im Spiel irren die SCs „dort" schlimmstenfalls wochenlang umher.

2. Schaffe einen abgegrenzten Schauplatz, in dem dir die Spieler nicht so einfach „davon laufen" können. Es ist auch immer gut, SCs und NSCs nahe beisammen zu haben, um sie schnell auf einander reagieren lassen zu können.

*Geeignet sind z.B. Täler, Inseln, Dörfer oder ein Schiff. Der Klassiker ist aber der „Dungeon", ein abgeschlossenes System von Katakomben, Kavernen, Schächten oder Stollen.*

**Abwechslung.** Baue verschiedenste Arten von Herausforderungen in dein Abenteuer ein, nicht zuletzt, um möglichst viele Spieler mit ihren Lieblingselementen zu begeistern.

Gängige Aufgaben sind Kämpfe, taktische Szenarien, Rätsel, Fallen und Hindernisse, Überreden oder Überlisten von NSCs und moralische Entscheidungen.

**Struktur.** Schon seit der Antike gibt es in der Kunst des Geschichtenerzählens Strukturen, die - mehr oder weniger - auch auf das Konzept eines Rollenspielabenteuers übertragen werden können:

- Prolog: möglichst kurz, macht das Thema der Geschichte deutlich und schafft die Motivation der SCs. Im Rollenspiel dient er auch oft zum „Warmspielen".
- Hauptteil: Die Szenen sollten inhaltlich und vom Tempo möglichst unterschiedlich ausfallen.
- Höhepunkt: die ultimative Herausforderung, das große Rätsel, der große Gegner, die schwere Entscheidung.
- Epilog: kurz, beantwortet offene Fragen, belohnt SCs und verteilt QP.

**Szenenfolge.** Es gibt zwei Arten, wie Abenteuer-Szenen auf einander folgen.

1. Bestimmte Reihenfolge. Diese Variante gleicht einem Drehbuch, mit dem man höchst ausgefeilte Geschichten erzählen kann. Folgen die SCs aber nicht dem roten Faden (und damit musst du immer rechnen!), hast du als SL um so mehr Mühe, sie wieder „auf Kurs" zu bringen - etwas, das die Spieler in der Regel nicht so gerne mögen, d.h. wenn es ihnen bewusst ist. Hier ist also Subtilität gefragt.

*Der Abenteuerplan sieht vor, dass die SCs eine Krone finden und sie dem Bruder und mutmaßlichen Thronfolger übergeben. Danach stellt sich heraus, dass dieser der Bösewicht ist und die SCs ihm die Krone wieder abjagen müssen. - Im Spiel finden die SCs die Krone, doch sie entscheiden sich dafür, sie dem Bruder nicht zu übergeben, ehe er ihnen nicht beweist, dass er der legitime Thronfolger ist. Was nun??*

2. Beliebige Reihenfolge. Hier treffen die Szenen relativ unabhängig auf einander, je nachdem, wie die SCs sie in Angriff nehmen, z.B. bei ortsgebundenen Szenen in der Reihenfolge, in der sie die Schauplätze aufsuchen. Diese Variante gibt den Spielern mehr Spielraum, ist für dich aber schwerer zu einem Handlungsfaden mit Spannungsbogen und Höhepunkt zu verbinden.

*Die SCs sollen dem Thronfolger zum Thron verhelfen, indem sie beim Wasserfall die Krone aus dem Hort des Drachen bergen, in der Stadt den Einfluss des bösen Bruders brechen und in der Ruine einen Fluch lösen, der den Geist des alten Königs bindet.*

Überlege dir außerdem bei kritischen Szenen, was geschieht, wenn die SCs scheitern oder nicht weiter kommen. Sackgassen und Pattsituationen solltest du um jeden Preis vermeiden.

**Kampagne.** Du kannst die Funktion des Spielleiters nach einem Abenteuer an einen Spieler abgeben oder aber eine ganze Serie von Abenteuern leiten. Ist die Handlung dieser Abenteuer miteinander verbunden, spricht man von einer *Kampagne*. Kampagnen geben dir mehr Zeit, eine komplexe Geschichte zu entwickeln und auf die Handlungen der SCs einzugehen. Kampagnen verhalten sich zu Abenteuern ähnlich wie TV-Serien zu Filmen. Entscheide selbst, welches „Format" dir und deiner Runde besser gefällt, oder spiel einfach drauf los und lass dich überraschen!

Und nun lass uns gemeinsam Lys Marrah erkunden und im nächsten Teil dieses Buches mysteriöse Persönlichkeiten, antike Stätten und widerstreitende Völker kennen lernen!

# Teil 2
## Abenteuer in Lys Marrah

# LYS MARRAH

Die Stadt Lys Marrah liegt am Ufer des langen Flusses *Marbarus*, flankiert von den zerklüfteten *Felsen von Arakhar*, bedroht von den *Schwarzen Sümpfen*, die der Stadt von Süden her entgegen kriechen, und nahe *Voron's Wald* im Norden. Obgleich im ständigen Kampf gegen die große Wildnis von *Norild*, ist Lys Marrah bevölkert wie keine andere Siedlung. Über ihre alten Kopfsteinpflaster wandern Menschen, Elfen, Zwerge und Gnome, und des Nachts schleichen angeblich noch ganz andere Kreaturen umher, doch das hält wagemutige Abenteurer, Händler und Schatzsucher nicht davon ab, hier ihr Glück zu suchen.

Lys Marrah ist eine Stadt in der weit entfernten Wildnis von Norild. Sie wird von Vertretern aller Herren Länder bevölkert und gilt als Ort, an dem man Abenteuer bestehen und sein Glück finden kann.

## Die Ewige Dunkelheit

Als die Siedler von *Vaern* die Stadt entdeckten, lag noch die Ewige Dunkelheit wie ein riesiges Spinnennetz über ihren Ruinen. Einem dichten Schatten gleich, schützte sie abscheuliche Kreaturen vor dem Licht der Sonne, sodass diese ungehindert auf Lys Marrahs Straßen wandeln konnten. Man sollte meinen, kein vernünftiges Wesen würde sich an einem solchen Ort niederlassen wollen, doch die Sehnsucht der Siedler nach einer befestigten Heimat und die Verheißung von Schätzen aus den ersten Tagen der Stadt waren größer als Furcht und Aberglauben. Tapfer kämpften die Siedler über ein Jahr zwischen den Ruinen gegen Monster und Chimären, nur um am Ende einzusehen, dass sich die Stadt nicht erobern ließ – zumindest nicht, solange die Ewige Dunkelheit währte.

So wandten sie sich an die *Magier von Istrith*, die großes Interesse an der sagenumwobenen Bibliothek von Lys Marrah hatten und sich nicht lange bitten ließen. Ein entsprechender Pakt wurde besiegelt, und schon gingen die Magier, beschützt von Siedlern, die bis an die Zähne bewaffnet waren, an die Arbeit. Überall in der Stadt installierten sie magische Laternen, die die Ewige Dunkelheit verdrängten und dafür sorgen würden, dass das Licht der Sonne wieder den Boden der Stadt erreichte.

Mit der Ewigen Dunkelheit schwanden auch die finsteren Kreaturen von einst, flüchteten in verfallene Bauwerke, Friedhöfe, alte Gärten, Keller und Kanäle. Seitdem finden sie zwar immer wieder vereinzelt Wege aus der Unterstadt, doch die meisten wurden damals vernichtet oder eingeschlossen, auf dass ihnen Mangel aller Art den Garaus bereitete.

Anschließend riefen die Siedler das neue Lys Marrah aus. Schätze, die sie bei der Monsterhatz gefunden hatten, wurden dazu verwendet, verzierte Häuser zu bauen, ein weitläufiges Forum zu errichten, Gärten zum Lustwandeln anzulegen und dem Sonnengott *Skoën* sowie der Mondgöttin *Vinith* gloriose Heiligtümer zu schenken.

> Die Ewige Dunkelheit verbarg Lys Marrah für lange Zeit, ehe sie von den Magiern von Istrith und ihren magischen Laternen zurückgedrängt wurde. Alle Monster, die sich zuvor dort gesuhlt hatten, zogen sich in die Unterstadt zurück.

## Der Tempel des Schlafenden Gottes

Bereits die ersten Gelehrten wussten aus den Schriften der Bibliothek, dass Lys Marrah in der alten Sprache so viel bedeutete wie "Stadt des Schlafenden Gottes". Doch erst als ein Teil des Hügels abgetragen wurde, kamen die Gewölbe zum Vorschein, die heute als *Tempel des Schlafenden Gottes* bezeichnet werden und über einen schmalen, lichtlosen Zugang erreichbar sind. Allerdings betritt das Gewölbe niemand ohne guten Grund, denn in seinen ehrfurchtgebietenden Säulen ruhen – eingegossen in Kristall, so hart wie Diamant – zwei Dutzend untote Krieger. Die Schriften verheißen ihr Erwachen in jenem Augenblick, da auch ihr Gott erweckt wird.

Derselbe ruht, unberührt von jeglichem Verfall, in einem Sarkophag aus Obsidian im hinteren Teil der Anlage. Diejenigen, die einen Blick auf ihn werfen konnten, erzählten von einer übermenschlich großen, androgynen Gestalt in schwarzer Seide, deren Gesicht faltenlos und wunderschön sei und von ewiger Jugend zeuge.

Die Elfen meinen in ihm ihren alten Gott *Yosunquêl* (wörtlich: "der, dessen Name verloren ging") gefunden zu haben, und tatsächlich deckt sich seine Legende mit den Mythen des Schlafenden Gottes. Dort heißt es, dass derjenige, der den Namen des Schlafenden Gottes kennt, zu unaufhaltsamer Macht gelangen werde. Um zu verhindern, dass der Schlafende Gott vor seiner Zeit geweckt oder seine Macht gar missbraucht wird, ließen sich die Elfen mit einigen Dutzend ihrer besten Krieger in Lys Marrah nieder. Sechs von ihnen befinden sich ständig im Gewölbe, die anderen und ihre Familien sind unweit des Eingangs am "Elfenhügel" untergebracht.

> Im Tempel des Schlafenden Gottes befinden sich der Leib desselben sowie ein Dutzend untoter Krieger. Wer den Namen des Schlafenden Gottes kennt, kommt zu unaufhaltsamer Macht!

## Der Elfenhügel

Der bewaldete *Elfenhügel*, in dessen Innerem sich der *Tempel des Schlafenden Gottes* befindet, ist gleichzeitig das Domizil der ca. 200 Elfen in Lys Marrah. Ihr Sprecher, *Renadyenn*, ist gleichzeitig Anführer der ca. 20 Tempelwachen. Obgleich sie nicht angefeindet werden, haben die Elfen wenig Grund, sich in anderen Bezirken der Stadt heimisch zu fühlen. Insbesondere die Gnome strafen sie mit Ignoranz und Boshaftigkeiten, weigerten sich etwa lange Zeit, die Wasserversorgung des Hügels zu reparieren, oder „vergaßen" Lieferungen von Morgentau, aus welchem *Lunithswasser*, das Lieblingsgetränk der Elfen, gewonnen wird. Doch den größten Hieb verpassten sie ihnen schon vor langer Zeit, als sie den Menschen Drachenfett zum Isolieren ihrer Häuser verkauften. Seither leiden die Elfen, die nichts mehr hassen als Drachen, unter schwellenden Nasen und tränenden Augen, wenn sie sich auch nur wenig länger als einige Minuten durch die Straßen Lys Marrahs bewegen.

> Am Elfenhügel leben die Elfen, die den Tempel des Schlafenden Gottes bewachen. Sie sind wenige an Zahl und werden von den Gnomen angefeindet.

## Oroschgur's Achtel

Geradezu grotesk mutet da fast die Herzlichkeit an, mit der die Elfen im Bezirk der Zwerge behandelt werden, verbindet die beiden Rassen doch die Tatsache, dass sie jeweils Fremde in einer von Menschen und Gnomen dominierten Stadt sind. Der angestammte Bereich der ebenfalls ca. 200 Zwerge in Lys Marrah heißt *Oroschgur's Achtel*. Der Name bezeichnet auch die darin gelegene Taverne des gleichnamigen Zwerges, dessen lautes Organ man nicht nur in seiner Herberge, sondern auch einmal die Woche am Forum zu hören bekommt. Oroschgur, der gegenüber den Stadtobersten als Sprecher seiner Rasse fungiert, prangert lautstark allerlei Diskriminierungen an, seien es überteuerte Preise am Markt oder die Höhe der Stühle in den Tavernen; vor allem aber kämpft er für gerechten Lohn für die Dienste der Zwerge in der Unterstadt.

> Oroschgur ist der lautstarke Sprecher der Zwerge. Er kämpft für Gleichberechtigung von Menschen und Zwergen.

## Die Unterstadt

Geschätzte drei Viertel der Unterstadt sind unerforscht. Die Stadt verwendet veritable Mittel darauf, die Katakomben, Tunnel, Gewölbe, Fundamente, Keller und Kanäle zu erkunden, Fundamente zu erneuern, Schätze zu finden, Monster zu erschlagen und die vielfältigen Zugänge, aus denen immer wieder gefährliche Kreaturen nach draußen dringen, unter Kontrolle zu bringen. Da sie im Dunkeln sehen können, verdingen sich viele Zwerge als Mineure und Schatzgräber. Ihr Wissen um Bergbau und Minenarchitektur prädestiniert sie dafür, und ihr robuster Körper schützt sie gegen Monster, die oft unvermutet aus dem Geröll springen. Dem alten Gesetz des Finders zufolge darf der Finder eines Schatzes die Hälfte behalten, sodass nur die andere Hälfte der Stadt zufällt. Viel mehr braucht es nicht, um Zwerge aus Nah und Fern dazu zu bringen, in der Stadt ihr Glück bzw. ihren Reichtum zu finden. Doch so groß die Chancen auch sein mögen, die Löhne sind beklagenswert niedrig...

> In der Unterstadt gilt es Monster zu jagen, Schätze zu bergen und alte Stätten freizulegen. Dabei sind vorwiegend Zwerge im Einsatz, die dem fünfzigprozentigen Finderlohn kaum widerstehen können.

## Herrschaft

Genügend von allem haben in Lys Marrah nur die Gnome. Ihre Gilde, die *Raratinca*, beherrscht alle Handelsrouten am Kontinent. Sie hält die entlegene Stadt wie eine pulsierende Arterie am Leben, indem sie sie mit jenen Gütern versorgt, die Lys Marrah selbst nicht erwirtschaften kann. Dazu gehört unglücklicherweise vor allem Getreide, da die Felder in der Vergangenheit regelmäßig von marodierenden Orks überfallen und gebrandschatzt wurden. Alle bisherigen Versuche, um die Stadt herum eine funktionierende Landwirtschaft aufzubauen, sind an der Brutalität und Feindseligkeit der Orks kläglich gescheitert.

Ihre wirtschaftliche Überlegenheit beschert den Gnomen der *Raratinca* in Lys Marrah jeden erdenklichen Luxus, gepaart mit einer ordentlichen Prise Dekadenz: Sie essen umsonst in hiesigen Tavernen, trinken aus Pokalen, während man ihnen Haare und Nägel schneidet, lassen sich auf Sänften über das Forum tragen, und sie genießen die Unterwürfigkeit der "Stadtobersten". Ihr Mittelpunkt in Lys Marrah ist die Gildenresidenz, doch Wohnsitz der einflussreicheren Gnome ist ein Bergschloss, etwa eine Stunde außerhalb der Stadt gelegen. Ihr Gildenkommissar, *Ghalag "Schwarzgesicht"*, lebt dort wie ein Fürst und zitiert regelmäßig die vermögendsten und einflussreichsten Würdenträger zu sich, um sie zu demütigen und ihnen zu zeigen, wer die wahre Macht innehat.

> Wirtschaftlich gesehen herrschen über Lys Marrah die Gnome der mächtigen Raratinca-Gilde. Formell liegt die Herrschaft bei einem Stadtrat und einem Stadtfürsten.

Dem formellen Stadtfürsten von Lys Marrah, *Hurus Graf von Tyora, Repräsentant des Leeren Throns von Telaskia*, bleibt im Vergleich dazu nicht viel mehr als sein hohler Titel. Politisch ist seine Macht gering, zudem teilt er sie mit vier weiteren Stadträten und einem Verbrecherkönig, mit dem nicht zu spaßen ist, wird ihm doch die Entführung und Ermordung von Graf Hurus' Tochter *Phynis* zugeschrieben.

## Das Schwarze Netz

Die Schattenseiten Lys Marrahs haben also ebenfalls einen Würdenträger hervorgebracht: Man nennt ihn *Aerek Lixo*. Er ist Fürst der Diebe, Schmuggler, Meuchelmörder und Erpresser, die sich unter ihm zu einer dubiosen Gemeinschaft, bekannt als das *Schwarze Netz*, zusammen geschlossen haben.

Lixo tritt selten in Erscheinung und lässt seinen Willen durch *Lady Uzarka* vollstrecken, seine maskierte Attentäterin, deren magische Peitsche schon so manchem Widersacher das Genick gebrochen hat. Lixo selbst hat die groteske Gestalt eines Kindes. Da sein kleiner Körper ihm allmählich den Dienst versagt, sucht er angeblich nach einem Weg, diesen zu wechseln. Geiselnahmen von Magiern, Diebstähle seltener Talismane, Überfälle auf Artefakte-Transporte – Aerek Lixo schreckt vor nichts zurück, um sein Ziel zu erreichen. Kein Weg dorthin ist ihm zu abstrus, und seine Verzweiflung ist ihm ein mächtiger Verbündeter.

Um dem Schwarzen Netz, aber auch unabhängigen Kriminellen sowie Agenten aus dem dunklen Reich von *Ras Korgoth* auf den Zahn zu fühlen, hat der Stadtrat einen „Regulator" eingesetzt, von dem sich die Leute noch nicht sicher sind, was sie von ihm zu halten haben. Man nennt ihn *Nunth "der Hund"*

*Naskor*. Er ist bullig an Gestalt und hat das Antlitz einer Dogge. Manche sagen ihm einen Mangel an Verständigkeit zu, doch er hat das Talent, zur rechten Zeit am rechten Ort zu sein. Damit hebt er sich bereits von seinem Vorgänger ab, den man zu jeder Zeit in der Taverne „Zauberlaterne" antreffen konnte…

> Das Schwarze Netz ist eine Vereinigung von Kriminellen, geführt von Aerek Lixo, der in der Gestalt eines Kindes gefangen und besessen davon ist, einen Weg aus seinem Körper zu finden.

## Die Bibliothek

Fast alle Schriften aus der alten Bibliothek sind heute noch intakt. Doch nicht das alchemistische Geschick der Gründer ist dafür der Grund, sondern ein Zauber, der Schrifttümer in der Bibliothek vor dem Verfall schützt. Unglücklicherweise wirkt dieser Zauber nur vor Ort, weshalb die *Magier von Istrith* als Gegenleistung für die magischen Laternen nicht die Herausgabe der Bücher, sondern die Gewahrsame über die gesamte Bibliothek forderten. Der Pakt, der damals geschlossen wurde, sollte jedoch nicht lange halten, denn die Siedler warfen den Magiern – nicht ganz zu Unrecht – vor, die Ewige Dunkelheit nicht zerstört, sondern nur zurückgedrängt zu haben. Sie befürchteten, dass die Laternen irgendwann erlöschen könnten und sie sich, sobald die Magier erhielten, wonach sie strebten, in direkte Abhängigkeit des Zirkels begaben. Es wurde sogar gemutmaßt, dass die Magier in jeder Laterne ein Drittes Auge installiert hatten und so über alles und jeden in der Stadt immerzu Bescheid wussten! Paranoia oder Instinkt – die Siedler gaben die Gewalt über die Bibliothek nicht auf. Sie gestatteten den Magiern lediglich freien Zugang zu den Gewölben und den sich dort zu Tausenden stapelnden Schrifttümern.

> Die Bibliothek von Lys Marrah ist von unschätzbarem Wert für die Magier von Istrith, doch die fühlen sich um die alleinige Herrschaft über die Schrifttümer betrogen. Ihre Rolle im Spiel um Lys Marrah ist noch unklar…

Weil die meisten Schrifttümer in einer alten, unverständlichen Sprache verfasst wurden und in Runen notiert sind, die selbst den Erleuchtetsten unter den Gelehrten Rätsel aufgeben, richteten die *Magier von Istrith* eine ständige Botschaft in Lys Marrah ein. *Botschafterin Vendra Amaas* ist an ihrem weißgoldenen Gewand und dem gläsern wirkenden Zauberstab zu erkennen.

Schreitet sie mit ihrer Alabastermiene durch Lys Marrahs Straßen, so erstarrt die eine Hälfte der Leute vor Ehrfurcht und die andere vor Bewunderung. Zu *Vendra Amaas'* Stab gehören sechs höhere Adepten, eine Handvoll Novizen und ein Trupp fähiger Söldner. Der allerdings sei unnötig, behaupten jene, die Zeugnis davon ablegen, wie *Vendra Amaas* im letzten Jahr höchstpersönlich den *Roten Mortulus* in die Flucht schlug.

## Lys Marrah und Umgebung

Womit wir unseren Blick auf das Umfeld der Stadt gerichtet hätten. Der *Rote Mortulus* ist ein flammender Riesenvogel aus dem nahen *Arakhar-Gebirge*. Er vermag sich bis zur Größe eines Drachen aufzuplustern und kleine Feuerbälle zu speien. Jedes Jahr zieht er ungefähr zur selben Zeit seine Kreise über der Stadt und setzt Gebäude in Brand. In den alten Tagen pflegte man ihm Jungfrauen darzubringen, doch der Leere Thron von Telaskia duldet schon lange keine Menschenopfer mehr. (Obwohl nicht wenige Bewohner Lys Marrahs lieber eine Jungfrau sterben als dutzende Häuser abbrennen sehen würden...). Neben dem *Roten Mortulus* droht aus den Bergen "nur" Gefahr durch Bergtrolle, die hin und wieder wanderlustig werden und dabei Schneisen der Zerstörung, zuweilen bis zu den Mauern der Stadt, hinterlassen.

> Jedes Jahr plagt die Stadt der Rote Mortulus aus den Arakhar-Bergen, ein Feuervogel, der Gebäude in Brand setzt und dem nicht beizukommen ist. Sollte man womöglich doch wieder die alten Menschenopfer einführen?

Unweit des Arakhargebirges liegen die *Flusshöhlen des Marbarus*. Der gleichnamige Strom durchläuft sie in einer Vielzahl von Verästelungen, bevor er sich wieder sammelt, um einige Meilen später Lys Marrah zu streifen. In den *Flusshöhlen von Marbarus* werden einzigartige Moose geerntet, die in den Ländern des Kontinents zu verschiedensten Produkten weiterverarbeitet werden, z.B. zu Seife oder Parfum in *Telaskia*, zu magischer Tinte in *Istrith* oder zu freudenspendenden Essenzen bei den *Zwergen von Vongrim*. Die Moose bringen der Stadt gutes Geld ein. Die äußeren Grotten und Kavernen sind auch relativ gefahrlos zu befahren; tiefer sollte man jedoch nicht vordringen, da dort immer wieder Goblins gesichtet werden. Ihre Leichen treiben zuweilen flussabwärts, wenn sie sich wieder einmal gegenseitig im Zorn erschlagen.

> In den Flusshöhlen des Marbarus werden wertvolle Moose abgebaut. Sie sind eine der Haupteinnahmequellen der Stadt, doch auch Goblins tummeln sich in den Grotten und Kavernen.

Auf der anderen Seite von Lys Marrah erstrecken sich die *Schwarzen Sümpfe*. Über dieses Marschland herrscht eine Gruppe ebenso hässlicher wie gefährlicher Sumpfhexen, die sich ihre langen Leben damit vertreiben, bizarre Chimären und giftige Pflanzen zu erschaffen. Seit unter ihnen die *Hexe Yunrae* das Sagen hat, dehnen sich die *Schwarzen Sümpfe* mit Besorgnis erregender Geschwindigkeit stadtwärts aus, und einige befürchten schon, Lys Marrah werde ihnen in wenigen Jahren zum Opfer fallen. Der Stadtrat hat daher, gewissermaßen als Einheitsstrafe, die Zwangsarbeit in den Sümpfen eingeführt. Tag für Tag werken dort ca. 200 Verbrecher – vom Zechpreller bis zum Giftmörder – an der Trockenlegung von Yunraes Reich.

Yunrae, die Hexe, herrscht über die Schwarzen Sümpfe, die die Stadt allmählich zu verschlingen drohen. Deshalb legen verurteilte Verbrecher südlich der Stadt die Sümpfe trocken.

Im Gegensatz dazu freiwillig und gar nicht schlecht bezahlt sind die Arbeiten im Steinbruch und an *Voron's Wald*, wo die beiden wichtigsten Rohstoffe der Stadt – Stein und Holz – zu Tage gefördert werden. Unter den Arbeitern muss sich immer eine Mindestzahl an Milizen befinden, zumal die beschränkte Zahl an Kriegern in der Stadt nicht reicht, um Orkangriffe abzuwehren. Die Stadt verfolgt daher die Strategie, den Orks die Attacken zumindest so stark wie möglich durch Gegenwehr zu verleiden, was den Arbeitern auch hohes Ansehen und fast heldenhafte (leider meistens posthume) Verehrung zu Teil werden lässt. In den letzten Jahren blieben Angriffe auf die Arbeiter auch tatsächlich weitgehend aus. Späher meinen, dass dies jedoch nichts mit der Gegenwehr der Arbeiter zu tun habe, sondern daher rühre, dass unter den Orks neuerdings der Schamane *Raaz Nerech* das Sagen habe, der die Orks aus unbekannten Gründen zurückhalte.

Orks griffen immer wieder Arbeiter am Wald und am Steinbruch an. Sie werden neuerdings vom Schamanen Raaz Nerech geführt. Die Ruhe vor dem Sturm?

Zu *Voron's Wald* gilt es anzumerken, dass es sich um die Heimat der Minotauren handelt, deren Lebensweise gelinde gesagt rätselhaft ist. Man trifft sie zumeist vereinzelt an, und man weiß nie, wie die Begegnung ausgeht, denn ihr Wesen ist äußerst unberechenbar. Das Schicksal der Minotauren ist eng mit dem *Brunnen der Heilkraft* verbunden, der sich im Zentrum der Stadt befindet und dessen Wasser Heilkräfte entwickelt, wenn es mit dem Blut von Minotauren versetzt wird. Der Sage nach stirbt für jeden Menschen, der durch den Brunnen geheilt wird, in den Wäldern ein Minotaurus. Ein Quäntchen Minotaurenblut befindet sich im Eigentum der Stadt und wird vom Stadtrat zu besonderen Gelegenheiten in kleinen Dosen preisgegeben. Der Stadtrat ahnt freilich nicht, dass unter der Schirmherrschaft des *Schwarzen Netzes* bereits ein reger Schattenhandel mit Minotaurenblut etabliert wurde.

Der Brunnen der Heilkraft entfaltet seine Kräfte nur in Verbindung mit Minotaurenblut. Dieses wird illegal gehandelt, sehr zum Ärgernis der Minotauren in Voron's Wald.

## Der Rest der Welt

Lys Marrah und seine unmittelbare Umgebung sollten dir und deinen Freunden vorerst Stoff für viele Abenteuer und Szenarien bieten. Die Länder jenseits der Stadtmauern Lys Marrahs werden im Rahmen des Settings „Der Leere Thron" beschrieben werden.

# VÖLKER IN LYS MARRAH

## Elfen

Die Elfen mit ihrem androgynen Körperbau und ihren sonderbar geschnittenen, starren Gesichtern sind eine ebenso stolze wie alte Rasse. Sie sind naturverbunden und einzelgängerisch veranlagt, und sie neigen dazu, andere Völker herablassend zu behandeln. Sie gelten gemeinhin als überaus *talentiert* und kunstsinnig, und auch die Gabe der Magie ist bei ihnen ausgeprägter als bei anderen Völkern. Legendär sind ihre *scharfen Sinne*, die auch für ihren Ruf als *hervorragende Bogenschützen* verantwortlich zeichnen, und die Fähigkeit, sich *unentdeckbar* - manche meinen sogar unsichtbar - zu machen. Viele ältere Elfen sind außerdem *Herr über ihr Alter*, ja, sie können sich nach Belieben verjüngen, was zum Mythos ihrer Unsterblichkeit beigetragen haben mag.

**Namen:** Aqueya, Deveryn, Fardurion, Henerior, Maquirya, Oyorian, Quenyra

## Zwerge

Die ebenso kleinen wie robusten Zwerge mit ihren prächtigen Bärten und tiefliegenden Augen sind für ihr gutes Gedächtnis bekannt und ob ihrer Geselligkeit beliebt. Sie sind aber auch unbeirrbar und nur schwer von einem Vorhaben oder einer vorgefassten Meinung abzubringen. Überaus hartnäckig sind sie im Kampf: Sie haben nicht nur die Angewohnheit, *Schwachstellen* in den Rüstungen ihrer Gegner zu treffen, sondern sie selbst erfreuen sich auch einer geradezu *eisernen Konstitution*, die sie mit schier unendlichen Kraftreserven auf den Beinen hält. Die meisten Zwerge sind auch *immun gegen jede Form übernatürlicher Beeinträchtigung*; entsprechend wenige Zwerge folgen selbst den magischen Künsten. Die *Fähigkeit, im Dunkeln zu sehen*, ist - dem landläufigen Glauben entgegen - nicht allen Zwergen gegeben, und sie ist auch nicht so verlässlich wie man als Mensch annehmen würde.

**Namen:** Borgrot, Dagra, Gonigrot, Morm, Ongrush, Tarkor, Uxush, Vort

## Orks

Die Orks, Humanoide mit starker Behaarung und dunkler, faltiger, wettergegerbter Haut, sind vor allem rastlose Jäger. Raubtieren nicht unähnlich, können sie *andere Lebewesen riechen*, besonders wenn sie von Angst erfüllt sind. Die Niederlage ihrer Gegner *inspiriert*

sie; ein Ork wird umso gefährlicher, je mehr Gegner er niederstreckt. Wird er selbst verletzt, gerät er in einen *Blutrausch* und wird zu einer gefährlichen Bestie. Läuft ein Ork einmal *Amok*, so ist niemand in seiner Nähe, auch nicht andere Orks, sicher vor seinen Attacken...

**Namen:** Askurut, Ig'Vuruk, Mash'atai, Pam'Rytush, Uk'lorgh, Zeret'Arku

## Gnome

Die als goldgierig verschrieenen Gnome sind kindsgroß und filigran und weisen nicht selten befremdliche Anomalien auf. Sie gelten als vorsichtig und geben sich undurchschaubar. Ihre Zunge kann weich wie Samt, aber auch spitz wie ein Stilett sein. Eine bei Gnomen verbreitete Eigenschaft ist die Fähigkeit, sich von einem Augenblick auf den anderen *tot stellen* zu können. Sie sind zwar keine Kämpfer, aber äußerst *trickreiche Gegner*, die immer wissen, wie sie sich *in Sicherheit bringen* können. Legendär ist ihr *Netzwerk*: Viele Gnome kennen an jedem Ort der Welt mindestens eine Person, die ihnen einen Gefallen schuldet.

**Namen:** Elkiha, F'tevh, Gyran, Midyd, N'tyo, Revrun, Sekyun, Tunioa, Vurgst

## Minotauren

Minotauren haben den Körper eines Menschen und den Kopf eines Stiers. Ihre *Hörner* sind freilich gerade im Sturmangriff eine mächtige Waffe, obgleich manche überhaupt meinen, dass gegen eine *Minotauren-Attacke* kein Kraut gewachsen sei. Gegen Müdigkeit und Schlaf scheinen Minotauren *gefeit* zu sein; manche kommen viele Tage ohne Ruhephase aus und rasten, wenn überhaupt, im Stehen. Die wohl bekannteste Eigenheit, die bei Minotauren beobachtet wurde, ist die *rasche Wundheilung*: Kleinere Wunden schließen sich oft sofort, aber auch ernsthafte Verletzungen verheilen schneller als das bei Menschen der Fall ist.

**Namen:** Bonruakh, Gungra, Mrugar, Sekruah, Tukagur, Wonbatugh

## Waren und Preise

| Artikel | Preis (Gold) |
|---|---|
| Allg. Ausrüstung (enthält *) | 4 |
| Alltag pro Monat | 10 |
| Analyse (Alchemie, Magie) | 5 |
| Boot: Ruderboot | 7 |
| Dietrich (1 Stk.) | 1 |
| Esel | 15 |
| Fernrohr | 50 |
| Gürteltasche | <1 |
| Heiler, Behandlung | 1 |
| Hund, Kampf-/Spür- | 15 |
| Kette, Eisen- (2 m) | 1 |
| Kleidung | 3 |
| Kletterhaken (5 Anw.)* | 1 |
| Kompass | 11 |
| Laterne, Öl-* (5 Anw.) | 1 |
| Linse (1,5x-Vergrößerung) | 5 |
| Mahlzeit | <1 |
| Maultier | 22 |
| Monatseinkommen | 15 |
| Musikinstrument | 4 |
| Netz | 2 |
| Ortskundiger (pro Tag) | 1 |
| Pergament (10 Blatt) | 1 |
| Pfeile (20 Stk.) | 1 |
| Pferd | 36 |
| Pferdefutter (2 Wochen) | 1 |
| Reise, zu Fuß (1 Woche) | 3 |
| Rucksack, Leder-* | <1 |
| Rüstung | 10 |
| Sanduhr | 2 |
| Schlafsack* | <1 |
| Schminke und Puder | <1 |
| Schreiber (größerer Auftrag) | 1 |
| Seil, Kletter- (10 m)* | <1 |
| Spiegelchen, Metall- | 1 |
| Stiefel | 1 |
| Gaststätte (1 Nacht) | <1 |
| Waffe | 5 |
| Werkzeug (Einheitspreis)* | 1 |
| Zunder (für 1 Abenteuer)* | 1 |

# DUNKELHEIT IN HMÛR

Ob des Versagens einer magischen Laterne versinkt der alte Bezirk Hmûr in Düsternis. Der Stadtfürst bietet mutigen Helden gutes Geld, wenn sie den Grund dafür herausfinden.

**Prolog.** Stadtgespräch ist der alte Bezirk Hmûr. Die Ewige Dunkelheit sei wieder auf dem Vormarsch, heißt es, und grauenhafte Kreaturen drängen aus der Unterstadt ins Freie! Die magische Laterne in Hmûr sei seit einigen Tagen erloschen und der Stadtrat hat 100 Gold für jene mutigen Helden ausgeschrieben, die den Grund dafür herausfinden.

**1. Die Laterne** (1 QP). Ein erster Augenschein (👁 siehe kursive Textstelle in der Seitenmitte) führt die SCs zur erloschenen Laterne, die gerade vom Magier Makranor inspiziert wird.

Der etwas arrogante Magier aus Istrith fühlt sich nicht verpflichtet, den SCs das Ergebnis seiner Untersuchung mitzuteilen. Wenn sie ihn überzeugen (👁 CHA/GES), erklärt er, dass die Laterne an sich in Ordnung sei, aber ihr Licht durch etwas oder jemanden in der Nähe neutralisiert werde. ➔ Die SCs müssen erst beweisen, dass sie ernst zu nehmen sind.

Sind die SCs länger vor Ort, werden sie das eine oder andere Monster aus den Schatten steigen sehen. Außerdem

*Euch ist, als würde es mit jedem Schritt düsterer. Ein feiner dunkler Nebel lässt schattige Gassen selbst am Tage dunkel und gefährlich erscheinen. Allenthalben dringen fremdartige Geräusche durch die menschenleeren Gassen. Ihr nähert euch der gusseisernen Laterne mit den ominösen Runen. Ihr magischer Kristall glimmt kraftlos. Ein Magier von Istrith steht auf einer hölzernen Rampe und untersucht die Laterne - bewacht von 3 berüsteten Söldnern.*

krabbeln 4 Riesenasseln auf ein Fenster zu, aus dem Geschrei eines Kleinkindes zu hören ist. Die SCs haben 6 KR Zeit, ehe die Asseln das Fenster erreichen.
✥ **Riesenasseln:**
KAM 36, KON 6, EW-k SP, RS 1

**2. Suche** (1 QP). Die Häuser in unmittelbarer Nähe bergen nichts Relevantes. Lass hier und da ein Monster auftauchen und sich wieder zurückziehen, ehe sich die SCs dazu entschließen, ihre Suche auf die Unterstadt auszuweiten. Den nächsten Eingang stellt ein rostiges Kanalgitter dar, das mit einer 👁 STR/GES ausgehebelt werden kann. ➔ Der SC verletzt sich (1 SP), kann es aber erneut versuchen.

**3. Unterstadt.** Der letzte Rest Tageslicht schwindet, und selbst Fackeln und Lampen spenden hier nur gedämpftes Licht. Gib den Spielern Gelegenheit, ihre Marschreihenfolge zu bestimmen.

Die Unterstadt besteht hier aus folgenden Kammern und Anlagen, die du beliebig anordnen kannst:

**3A. Kanal** (1 QP). Der gemauerte Steg ist weggebrochen. Um dem Kanal zu folgen, muss man sich in das brackige Wasser begeben und schwimmen (👁 GSK/NAT +1). ➔ Wegen Erschöpfung sind alle EW des SC bis zum Ende der Szene um 1 vermindert. Kann erneut versucht werden.

**3B. Speis** (1 QP). Hier verzehrt eine Riesenratte einen Klumpen Hundefleisch. Als sich die SCs der kleinen Kammer nähern, würfeln sie 👁 INT/NAT -1. ↪ Sie hören die Riesenratte und können sich noch auf einen Kampf vorbereiten (Waffe ziehen, Taktik absprechen). ↪ Die Ratte faucht laut auf und springt ihnen aus dem Dunkeln entgegen.

⊕ *Riesenratte:*
KAM 36, KON 10, EW-g SP

**3C. Tempel des Wassers** (2 QP): ein zur Hälfte überfluteter Kultraum mit hoher Decke und schiefen Säulen mit Reliefs von Schiffen und Meeresbewohnern. An einem Torbogen klebt ein rosafarbenes Ding mit vier fleischigen Fangarmen und 2 kleinen Augen. Dieser Quadropus kann bekämpft oder mit einem Köder (zerbissenen Hund, 3B) für einige Kampfrunden fortgelockt werden.

⊕ *Quadropus:*
KAM 33, KON 14, EW-g SP, #AT:3

**3D. Weinkeller** (1 QP). Durch Risse und Spalten ist dieser ca. 5x5 Meter große Weinkeller zu erreichen (◉ Er befindet sich exakt 12 Meter unterhalb der magischen Laterne). In der Mitte, zwischen verfaulten Regalen, glimmt ein ca. 2 Meter durchmessendes Pentagramm (fünfzackiger Stern) mit fünf magischen Runen an den Enden. 👁 INT/MAG: Das Pentagramm unterbindet Zauberkraft (◉ unter anderem den Lichtzauber der Laterne). Sobald sich die SCs nähern:

🎲 **4. Der Dämon** (3 QP). Hinter einem Weinregal springt ein hässlich verkrüppelter Humanoider mit Klauen statt Händen hervor: Der Dämon hat ein groteskes Grinsen im Gesicht und warnt die SCs mit heiserer Stimme davor, näherzukommen, denn sein Auftrag sei es, das Pentagramm zu schützen.

⊕ *Wächterdämon 1. Grades:* KAM 36, KON 24, EW-g SP, #AT:2

Gelingt es den SCs, den Dämon ins Pentagramm zu treiben, sind seine Attacken um 1 erschwert, da der Dämon durch Zauberei in dieser Sphäre gehalten wird.

Um das Pentagramm zu zerstören, muss man die Runen in der richtigen Reihenfolge wegschrubben und 👁 GSK/MAG im Gesamtwert von EW 30 ablegen, wobei 1 SC nur 1 Probe pro Kampfrunde ablegen kann.

Wenn die SCs auf die Idee kommen, mit dem Dämon zu verhandeln, so können sie, wenn sie geschickt vorgehen (👁 CHA/MAG -1), ihn dazu bringen, seinen Beschwörer zu verraten. Er beschreibt ihnen dann einen bleichen Mann mit einem schwarzen Krähenamulett, und sie dürfen eine 👁 INT/GES ablegen. ↪ Ycranis ist die im finsteren Nachbarreich Ras Korgoth vorherrschende Krähengöttin.

◉ Die Verfolgung des bleichen Agenten könnte Ausgangspunkt für ein neues Abenteuer werden; ansonsten ist es schlicht ein wichtiger Hinweis, der den SCs die Gunst des Stadtrats und eine Prämie von 50 Gold einbringt.

**5. Epilog.** Nach Zerstörung des Pentagramms verstärkt sich das Licht der Laterne wieder, und die Düsternis schwindet aus Hmûr. Die SCs erhalten den Dank des Stadfürsten, die 100 Gold sowie Questpunkte für jede gespielte Episode (Vorschläge jeweils in Klammern angegeben).

# ELFENHÜGEL IM NEBEL

Giftiger Nebel umhüllt jüngst den Elfenhügel. Ein befreundeter Elf bittet die SCs, sich der Sache anzunehmen. Die Spuren führen zu den Gnomen der Raratinca und zu einem in den nahen Bergen lebenden Schurkenmagier.

**Prolog.** Der Elf Larayn, mit dem die SCs lose befreundet sind, bittet sie um ein Dach über dem Kopf. Er sieht ausgezehrt und müde aus - eine traurige und verzweifelte Gestalt. Wenn die SCs Mitleid zeigen, wird er ihnen vom Nebel erzählen (◐) und sie bitten, sich umzuhören.

**1. Nachforschungen** (2 QP). Die Spieler haben freie Hand, Nachforschungen anzustellen:

**1A. Augenschein.** Der Elfenhügel ist ein erhabenes Waldgebiet inmitten der Stadt. Hütten und Baumhäuser der Elfen stehen weitgehend leer; hier und da hört man Mitleid erregendes Husten. Nebelfetzen hängen dicht zwischen den Ästen (◐ Der Nebel ist magisch, er schadet nur Elfen, nicht aber Tieren oder Menschen). An einer entlegenen Stelle sind Überreste verbrannter Kräuter zu entdecken. ◐ INT/MAG -1, um diese zu identifizieren: Gophanswurz, eine seltene Essenz, die für Beschwörungen verwendet und nur durch die Raratinca verkauft wird.

> ◐ „Gewiss habt ihr schon den Nebel gesehen, der oben über unserem Hügel hängt, einer tiefen Wolke gleich. Er macht uns krank!" Larayn unterdrückt einen Hustenreiz. „Viele von uns haben ihre Häuser verlassen und suchen Unterschlupf in der Stadt. O weh, manche nächtigen gar in Ställen und Hauseingängen! Ich fürchte, wir Elfen werden Lys Marrah schon bald verlassen müssen…" Sein Mundwinkel zuckt unwillkürlich, bevor er die Augen erwartungsvoll in eure Richtung aufschlägt.

◐ Gleiche Information durch einen Alchemisten, kostet aber 5 Gold.

**1B. Stadtrat.** Hier erfahren die SCs, dass vor einigen Wochen ein Elfenkrieger im Tempel des Schlafenden Gottes einen Gnom tötete, der dort unvermittelt eindrang und sich weigerte, den Inhalt seines Beutels offenzulegen. Die Raratinca-Gnome forderten von den Elfen ein Wehrgeld von 3000 Gold. Der Stadtrat sah darin aber einen bedauerlichen Unfall und sprach die Elfen frei von Schuld.

**1C. Dunkle Kanäle.** SCs mit zumindest ansatzweise dubiosem Hintergrund können von Aerek Lixos Leuten erfahren, dass vor ca. 2 Wochen ein landesweit bekannter Schurkenmagier namens Kar Holor in der Stadt gesehen wurde. Er und seine Banditen hausen irgendwo in den Arakhar-Bergen, nahe dem Schloss der Gnome. Kar Holor habe in der Vergangenheit bereits versucht, das Wetter für seine Zwecke zu beherrschen.

**◐ 2. Das Schloss der Gnome** (2 QP). Ihre Erkenntnisse sollten die SCs zum Gildenschloss der Raratinca führen, welches ca. eine Stunde außerhalb der Stadt in den Bergen liegt. ◐ Ghalag Schwarzgesicht, das Oberhaupt der Gnome, beauftragte den Magier Kar Holor mit der Beschwörung des Nebels aus Rache wegen der Tötung des Gnoms im

Tempel. 2/3 des Lohns sind noch unentrichtet.

Aufgabe der SCs ist es nun, die Verbindung zwischen Ghalag Schwarzgesicht und dem Schurkenmagier Kar Holor zu entdecken und den Weg zu letzterem zu finden. Mögliche Ansätze sind:

♦ Sie begehren Eintritt, um bei Ghalag Schwarzgesicht vorzusprechen: Ghalag wird sich vielleicht in Widersprüche verstricken, aber nichts zugeben und nicht einlenken.
♦ Sie legen sich vor dem Schloss auf die Lauer und folgen Ghalags Geldboten mit den ausständigen 400 Gold zu Kar Holor (→ siehe 3.).
♦ Sie stehlen das Geld und gehen damit selbst zu Kar Holor (→ siehe 3.).
♦ Sie durchsuchen systematisch die Berge nach Kar Holors Unterschlupf.

**🕮 3. Kar Holors Unterschlupf** (3 QP) besteht aus 3 Steinhäusern auf einem kleinen, schwer zugänglichen Plateau, eine halbe Stunde westlich des Schlosses. Ein fetter Rabe kündigt Besucher durch lautes Krächzen an.

◉ Die SCs tun gut daran, Kar Holor und seine 6 Banditen (von denen stets 3 vor Ort sind), nicht anzugreifen. Besser sie spielen ihn und Ghalag gegeneinander aus oder ersinnen eine List oder appellieren an Kar Holors Stolz als Magier. Eventuell bieten sie ihm eine Begnadigung an, wenn er den Nebel wegzaubert.

⊕ *Kar Holor: NAT 35, GES 35, KAM 33, MAG 46, KON 20, EW SP*
⊕ *Banditen: KAM 36, KON 12, EW-g SP (schartige Waffen)*

**🕮 4. Quarasfarn** (2 QP). Gelingt es den SCs nicht, Kar Holor dazu zu bewegen, den Nebel wegzuzaubern, übernehmen dies die Magier von Istrith; es vergehen dann aber einige Wochen, und 3-4 Elfen werden sterben.

Benötigt wird in beiden Fällen das seltene Kraut Quarasfarn, das sich nur im Besitz der Raratinca befindet, die es natürlich nicht veräußern wollen. Die SCs müssen es entweder aus dem Lager der Raratinca stehlen (4B) oder aber neues in den Flusshöhlen ernten (4A).

**4A. Die Flusshöhlen.** Die Kräuterfrau Thera führt die SCs bis zu den vorderen Flusshöhlen. Die SCs dringen tiefer ein und würfeln rundenweise je eine ◉ INT/NAT, um Quarasfarn zu finden. Zähle mit, wieviele Runden sie brauchen, bis sie in Summe einen EW von 30 erreichen. Würfle dann mit W6. Liegt das Ergebnis unter der Rundenzahl, so treffen die SCs auf 4-8 Goblins.

⊕ *Goblins: KAM 31, KON 9, EW-g SP*

**4B. Lager der Raratinca.** Das Lagerhaus am Stadtrand ist versperrt. Im Inneren halten zwei Orks zwischen den zahlreichen Truhen und Fässern Wache. Um das Kraut unbemerkt zu entwenden, braucht es ◉ GSK/GES im Gesamt-EW von 30. Zähle die Runden mit und würfle dann mit W6. Liegt das Ergebnis unter der Rundenzahl, so treffen die SCs auf die beiden Orks.

⊕ *Orks: KAM 42, KON 15, EW SP*

**5. Epilog.** In einer Zeremonie wird das Abschwörungsritual vollführt. Der Rauch aus dem Quarasfarn vertreibt die Nebelschwaden wie ängstliche Tiere. Von den heimkehrenden Elfen erhalten die SCs eine kleine Flöte, die mit einer ◉ GSK/MAG Tiere anlocken kann. Vom Stadtrat erhalten sie für ihren Einsatz je 100 Gold.

# ERWARTETE ENTFÜHRUNG

Die Schwester des Stadtfürsten wurde aus ihrer Kemenate entführt. Die Spur führt die SCs in die Schwarzen Sümpfe, in das Reich der Hexe Yunrae.

Zu diesem Szenario findest du im Anschluss ein Spielleiter-Solo mit ergänzenden Hinweisen und Vorschlägen, wie man als Spielleiter auf unerwartete Entscheidungen der Spieler reagieren kann.

**Prolog.** An die 200 Leute strömen zur Ratshalle, wo Stadtfürst Graf Hurus das Verschwinden seiner 29-jährigen Schwester Iluna bekannt gibt und 100 Goldmünzen für jene auslobt, die sie ihm wohl behalten zurückbringen. Iluna gilt als bezaubernd, und die Aussicht, sie zu retten, lässt viele Herzen höher schlagen.

**1. Ilunas Verschwinden** (1 QP). Die SCs hören allerlei Geschichten:

- Iluna fühlte sich seit einigen Wochen bedroht. Nachts sperrte sie ihre Kammer ab, tagsüber verließ sie niemals das Haus ohne ihren Beschützer Nagrus und seine Leute. Und überhaupt begab sie sich nie nach außerhalb der Stadt.
- Iluna trägt großes Heil in sich. Ihr Blick bringt selbst die Herzen der hartgesottensten Krieger zum Schmelzen.
- Die Götter retteten Iluna bereits zweimal das Leben.
- Iluna litt als 16-jährige an einer Art Schwindsucht, an der sie eigentlich hätte sterben sollen. Sie genas aber unerwarteterweise.
- Vor 12 Jahren ging Iluna das Pferd durch und trug sie in die Sümpfe. Man wähnte sie tot, doch 3 Tage und 3 Nächte später tauchte sie wieder auf – ohne Pferd und ohne Erinnerung an die Zeit in den Sümpfen.

Im Aedificium des Stadtfürsten können die SCs herausfinden, dass Iluna aus ihrer von innen versperrten Kemenate im 2. Stock des Turmes verschwand. Dort finden sich Spuren von Grummelgras, welches nur in den Sümpfen gedeiht.

**2. In den Sümpfen** (1 QP). Beschreibe den Spielern, wie 150 Gefangene Zuflüsse abgraben, Bachbetten ausheben, Bäume fällen und Knüppeldämme bauen. Der weinselige Vorarbeiter Ikkus erzählt, dass er in der Nacht, da Iluna verschwand, 3 riesige Gestalten aus dem Sumpf stapfen sah – ganz sicher die untoten Diener der Hexe Yunrae!

Im Gespräch mit einem Gefangenen erhalten die SCs einen Tipp (◐).

◉ **3. Provokation** (optional, 1 QP). Ilunas Söldner Nagrus und seine 4 Mannen tauchen auf und provozieren die SCs ("Seid ihr solche Hohlköpfe, dass ihr

> ◉ *"Ich sag' euch was: Dort draußen auf dem Feld, das wir letztes Jahr trocken legten, steht eine alte Weide. Wir wagten es nicht, sie anzurühren, denn in ihr lebt angeblich Harere, Yunraes verstoßene Schwester. Sie bannte sie vor vielen Jahren aus Zorn in den Baum, und wer auch immer mit ihr sprechen mag, muss der Weide zuerst eine Frage beantworten. Harere hatte die Gabe der Hellsicht. Vielleicht mag sie euch sagen, wo sich Lady Iluna aufhält..."*

mit einem Baum reden wollt, um meine Herrin zu finden?") Es kommt zu einem Faustkampf, in dem jeder Schadenspunkt zugleich demoralisiert.

✥ *Nagrus und seine 4 Söldner:*
*KAM 36, KON 14, EW-k SP (waffenlos)*

**4. Die Weide** (1 QP). Als sich die SCs dem Baum nähern, blitzen in der Borke zwei Augen auf. Eine Stimme knarzt: "Hab' zwei Augen, bin doch nicht schön. Was ist's, das Leut' in mir nicht sehen?" Finden die Spieler die Lösung ("Augenweide") nicht, dürfen die SCs ◉ INT/NAT würfeln. ☾ Gib ihnen einen Hinweis.

Sobald ausgesprochen, bricht der Stamm auf, und ein verholzter Menschenkopf schiebt sich nach draußen. Harere kann kaum reden und bittet um Wasser. Wenn sie alles gehört hat, rät sie den SCs: "Sucht dort, wo Stein und Wasser sich vereinen. Doch gebt Acht, die Dinge sind nicht so, wie sie scheinen!", ehe sich die Borke wieder schließt.

● **5. Stein und Wasser** (1 QP). Ein junger Ortskundiger namens Uoron assoziiert Hareres Worte mit einer halb versunkenen Ruine tief drinnen im Sumpf, wo die Hexe Yunrae herrscht. Er beschreibt den SCs den Weg; begleiten mag er sie freilich nicht. ◉ Nagrus und seine Leute folgen den SCs klammheimlich.

Im Sumpf werden die SCs von Mücken geplagt, Schlangen gleiten durch das Wasser, und allenthalben dringen ominöse Tierlaute aus dem Bodennebel. Das Vorankommen ist mühsam. Alle stellen ihre Belastbarkeit mit einer ◉ STR/NAT unter Beweis. ☾ EW des SC sind für den Rest des Abenteuers durch Erschöpfung um 1 vermindert.

**6. Die alte Ruine** (4 QP). Eingestürzte, von Moos überwucherte Steinfundamente ragen aus dem Wasser. Im einzig intakten Gebäude hängt die gefesselte und geknebelte Iluna. Da taucht eine lederhäutige, deformierte, uralte Gestalt auf: Yunrae. Sie rät den SCs, sich nicht einzumischen, denn... ◉ Iluna ritt vor 12 Jahren absichtlich in den Sumpf und bat Yunrae um Heilung von der Schwindsucht. Die Hexe entsprach ihrem Flehen, verlangte aber, dass sie sich nach 12 Jahren in ihre Gewalt begäbe. Da Iluna ihren Teil des Pakts brach, ließ Yunrae sie mit Gewalt zu sich bringen.

Für wen werden die SCs nun, da sie die Wahrheit kennen, Partei ergreifen?

**6A.** Die SCs überlassen Iluna der Hexe: Yunrae lässt die SCs gehen, dafür laufen sie Nagrus' Leuten in die Arme, die sie als Verräter betrachten und attackieren.

✥ *Nagrus und seine 4 Söldner:*
*KAM 36, KON 10, EW SP (bewaffnet)*

**6B.** Die SCs konfrontieren Yunrae: Diese lacht schallend und verschwindet, wenn die SCs nicht rasch und gezielt vorgehen, im Morast. Kurz darauf nähern sich ihre starken (aber dummen) Sumpfmonster aus allen Himmelsrichtungen.

✥ *Sumpfmonster (4):*
*KAM 26, KON 24, EW+2 SP*

**7. Epilog.** Je nach Verlauf des Finales kommt es zu Feierlichkeiten oder einem Abgesang auf Iluna. Den SCs werden ihre Auslagen ersetzt; je nach Ausgang erhalten sie 100 Gold Belohnung oder „Schweigegeld" von Iluna. Jedenfalls bekommen sie die verdienten QP.

# VERFLUCHTER WEIN

Omont, der Wirt der Taverne „Drachengesicht", wird vom Schwarzen Netz unter Druck gesetzt. Die SCs wollen die Taverne beschützen und finden heraus, dass es den Verbrechern in Wahrheit um eine kostbare Flasche geht. Diese hält Omont allerdings in magischem Bann...

## Hintergrund

Der Wirt *Omont* fand vor einigen Wochen beim Saubermachen in seinem Keller eine seltene Weinflasche und zog Erkundigungen darüber ein. Das Schwarze Netz hörte davon und witterte, dass es sich dabei um ein vor langer Zeit von einem Magier namens *Hrasun* verstecktes Zauberelixier handeln könnte. Nun versucht das Schwarze Netz, dem Wirt die Flasche abzukaufen bzw. abzupressen. Er aber weigert sich, denn die Flasche ist verflucht und zwingt ihren Besitzer, sie um jeden Preis zu behalten.

**1. Prolog.** Über [SC] kracht ein irdener Krug in die Wand, einer von vielen Gegenständen, die die Raufbolde *Frisug* und *Manik* auf einander schleudern, während sie einander "Goblinpenner" und "Orkschlürfer" schimpfen. Wer eingreift, wird von ihnen (waffenlos) attackiert.

✥ *Raufbolde: KAM 33, KON 12, EW-k SP*

☉ *Schweiß strömt Omont über das dickliche Gesicht. Er dreht sich von euch weg, hält die Flasche dabei wie ein Kind, dem nichts zu Leide getan werden darf. "Lasst mich in Ruhe! Ich brauche keine Hilfe! Ich habe alles, was ich brauche, hier..." Er streichelt die Flasche und schüttelt dann verwirrt den Kopf. "Oh Götter, was ist mit mir! Ich glaube, ich werde verrückt..." Er wischt sich den Schweiß mit dem Ärmel von der Stirn. "Bitte helft mir, ich halte das nicht mehr länger aus. Ich... Moment mal! Warum seid Ihr so nett zu mir? Ihr wollt doch etwas!! Hä?"*

☉ Frisug und Manik sind vom Schwarzen Netz und sollen die Taverne in Mitleidenschaft ziehen - eine erste Warnung an Omont.

**2. Verdichtung.** Weil das Schwarze Netz zu immer drastischeren Maßnahmen greifen wird, bis Omont die Flasche aufgibt, gilt es für die SCs, dem Problem auf den Grund zu gehen. Dabei kann es zu folgenden Szenen - in beliebiger Reihenfolge - kommen:

**A. Die Flasche.** Omont will die Flasche nicht aus der Hand geben (s. unten, C.). Wenn die SCs trotzdem einen Blick erhaschen, so lesen sie ihre Aufschrift „Elixirium Arcanorum Maiestatis". Wie sie (z.B. bei Vendra Amaas oder in der Bibliothek) herausfinden können, handelt es sich dabei um den stärksten Zaubertrank, den es im Lande gibt; selbst der Zirkel von Istrith besitzt nur zwei Flaschen davon. Ungünstigerweise ist die Flasche mit einem Fluch belegt, der seinen Besitzer davon abhält, sie anderen zu überlassen, und seine Gedankenwelt korrumpiert (☉).

**B. Brandstiftung.** Spät abends hört oder sieht ein SC am Dach der Taverne zwei Brandstifter, die gerade dabei sind, *Stickfeueröl* (s.u.) über das Dach zu gießen - eine weitere Warnung. Als die SCs sich nähern, hat einer von ihnen bereits Zunder in der Hand. Sie wehren sich mit Dolchen, die zum Schmied *Crogos* zurückverfolgt werden können, der wiederum das Schwarze Netz beliefert.

✠ *Brandstifter:* KAM 41, GES 36, KON 15, EW SP

Das Stickfeuer entflammt das Dach und lässt es heiß und schnell verbrennen. Danach erstickt es und greift nicht auf andere Teile der Taverne über.

**C. Omont unter Druck.** Sanfter Druck reicht, damit Omont den SCs gesteht, dass er vom Schwarzen Netz erpresst wird. Er gibt aber vor, nicht zu wissen, warum, und schickt sie zu *Lim Drilh*, seinem Kontaktmann, in der Hoffnung, sie könnten diesen dazu bewegen, Omont in Ruhe zu lassen.

Sollten die SCs Omont zu nahe treten und ihm gar die Flasche wegnehmen wollen wird er sich ihrer waffenlos, aber mit übernatürlichen Kräften, erwehren - ein Nebeneffekt des Flaschenfluchs.

✠ *Omont:* KAM 52, KON 16, EW-g SP

**D. Lim Drilh.** Der arrogant grinsende Lim Drilh ist Omonts Kontaktmann beim Schwarzen Netz. Er weiß, dass sein Hals in der Schlinge steckt, wenn es ihm nicht gelingt, Omont die Flasche abzupressen. Sprechen die SCs ihn an, wird er den Spieß umdrehen und sie dafür bezahlen, ihm die „Flasche Rotwein" zu bringen.

✠ *Lim Drilh:* KAM 44, KON 18, EW SP
✠ *Schergen:* KAM 36, KON 12, EW-g SP

**E. Weinkeller.** In jener Mauernische im Weinkeller, in der Omont die Flasche fand, befindet sich, unter einer dicken Schicht Staub und Mörtel verborgen, noch etwas, das Omont übersah: ein Pergament mit der Schrift „NEWI CHOREGEN, NANB BECHERNOG". Die Lösung dieses Rätsels lautet „Wein gerochen, Bann gebrochen" und bedeutet:

Starker Weingeruch setzt die Wirkung des Fluchs zumindest zeitweilig aus.

Vergleichbares könnten die SCs auch erzielen, wenn sie Omont dazu bringen, sich im Tempel des Skoën einem reinigenden Ritual unterziehen zu lassen. Der Hohepriester Astuith wird hierfür allerdings eine wertvolle Opfergabe fordern oder einen Gefallen.

🌑 **3. Im Besitz der Flasche.** Sobald die SCs Omont um die Flasche gebracht haben, stellt sich die Frage, was sie damit zu tun gedenken. Vorsicht: Sobald ein SC die Flasche besitzt, greift der Fluch auf ihn über, sodass auch er die Flasche nicht mehr teilen will und sich jedem Plan verschließt, der darauf hinausläuft, die Flasche abzugeben. Möglich:

**a) Übergabe.** Die SCs übergeben die Flasche dem Schwarzen Netz: Damit ist Omont aus dem Schneider, allerdings wird Aerek Lixo dadurch sehr mächtig!

**b) Trinken.** Die SCs trinken aus der Flasche und bewirken Großes, z.B. um das Schwarze Netz einzuschüchtern, die Hexe Harere zu befreien oder was sonst ihnen in den Sinn kommt.

**c) Betrug.** Die SCs finden einen Weg, das Elixier in eine andere Flasche zu füllen, ohne den Fluch auszulösen, und verkaufen die falsche Flasche. Natürlich werden sie sich auch damit keine Freunde machen.

**d) Zerstören.** Sie zerstören die Flasche, was einige Leute höchst unwirtlich stimmen wird...

**Epilog.** Das Abenteuer ist mit 10 QP beendet, wenn Omont nicht mehr „an der Flasche hängt" und wieder seinem Alltag nachgeht. Bewahren ihn die SCs nachhaltig vor weiteren Übergriffen durch das Schwarze Netz, so erhalten sie zusätzliche 2 QP. Außerdem bekommen sie freie Kost und Logis für drei Monate (Wert 30 Gold).

# KAMPFGRUBE

Yanur, der Sohn des Skoën-Priesters Astuith, ist in Schaukämpfe verwickelt, die vom Schwarzen Netz veranstaltet werden. Die SCs begeben sich daher zur berüchtigten Kampfgrube, wo es gilt, das Vertrauen des Betreibers zu erringen und Yanur aus dessen Klauen zu befreien.

**Prolog.** Im Skoën-Tempel eröffnet der nicht gerade für seine Milde bekannte Hohepriester *Astuith* einigen ausgewählten Helden Lys Marrahs (darunter den SCs), dass sein Sohn *Yanur* verschwunden sei. Als Präfekt der Tempelwache hätte dieser pünktlich bei Sonnenaufgang seinen Dienst antreten müssen, sei aber nicht aufgetaucht. Für sein Zurückbringen offeriert Astuith den Segen seiner Gottheit und eine monetäre Belohnung.

**1. Recherchen** (1 QP). Yanur ist nur mäßig beliebt, da viele meinen, er hätte seine Position seinem Vater zu verdanken. *Viniun*, sein Freund bei den Tempelwachen, weiß als einziger, dass Yanur sich regelmäßig in Schaukämpfen in der sogenannten „Kampfgrube" verdingt - um sich zu beweisen, dem Leben im Tempel zu entfliehen und auch wohl deshalb, weil sein Vater dies nie gutheißen würde. Viniun bricht sein Schweigen allerdings nicht leichtfertig.

> *Aus dem schwach beleuchteten, niedrigen Kellergewölbe dringt ein Geruchsgemisch aus Schweiß, Blut und Alkohol. Man hört das Geräusch von dumpfen Schlägen, gefolgt von frenetischem Applaus. Um eine viereckige Balustrade scharen sich holzbeinige Veteranen ebenso wie maskierte Ehrenmänner, reich geschmückte Gnome und Spektakel-süchtige Ehefrauen. Umgeben sind sie von Händlern, Dirnen und Geldleihern, die hier wohl an einem Abend mehr verdienen als so mancher Hafenarbeiter in einem ganzen Monat.*

**2. Taverne Zwillingshorn** (1 QP). Wer sich nach der Kampfgrube erkundigt, wird zur Taverne „Zwillingshorn" geschickt, ein desolates Haus inmitten des Bezirks Hmûr. Der gelbsüchtige Wirt *Boron* weist nur solchen Gästen den Weg zum Keller, die er kennt oder die sich unauffällig kleiden und verhalten. Anderen kredenzt er schlechtes Bier und gepanschten Wein.

Zur ständigen Kundschaft des Zwillingshorns zählen 6 Schläger des Schwarzen Netzes, die notfalls hier oder im Keller für Ordnung sorgen.

⊕ *Schläger: KAM 44, KON 15, EW-g SP*

⚔ **3. Kampfgrube** (4 QP). Vermittle den Spielern die Stimmung eines überfüllten Gewölbes voller schaulustiger Gäste (⚜).

Die Spiele werden vom „Wettmeister" *Lamarat* organisiert, der durch seine laute Stimme und eine symbolhaft am Körper getragene Lederpeitsche auffällt. Er behält die ca. 60 Gäste der Kampfgrube allesamt gut im Blick und ist zugleich der Buchmacher.

Jeder, der die Kampfgrube betritt, muss entweder wetten oder kämpfen. Bloße Zuschauer will Lamarat nicht hier haben, sie werden kompromisslos rausgeworfen.

**3A. Wetten.** Pro 10 Silber verteilt Lamarat Holzjetons mit verschiedenen abstrakten Symbolen (Kreuz, Strich, Dreieck...) je nach Kämpfer, auf den gewettet wird. Gewinner-Jetons können am Ende gegen jeweils 20 Silber eingetauscht werden, andere werden zurückgefordert.

Was niemand weiß: Lamarat arbeitet mit dem Magier *Monor* zusammen, der sich als Zuschauer tarnt und das Geschehen von oben aufmerksam mitverfolgt. Je nach Wettlage lässt er hin und wieder mit einem Zauber die Arme des favorisierten Kämpfers schwer werden (BEP), damit ein Außenseiter gewinnt und Lamarat mehr Geld einnimmt als er auszahlen muss.

- Monor: KAM 31, MAG 45, KON 18, EW SP, Magie

Gewinnen oder verlieren die SCs viel Geld, wird Lamarat sie zur Prüfung bestellen (4.).

**3B. Kämpfen.** Gekämpft wird in einer 4 m tiefen und 8 m breiten Versenkung, die noch ein Stockwerk tiefer liegt und durch ein bewachtes System aus Tunneln und Zellen (offenbar ein ehemaliger Kerker der Unterstadt) zugänglich ist. Freiwillige Kämpfer wärmen sich hier auf, unfreiwillige hängen bis zu ihrem Auftritt in Ketten.

- Xoth: KAM 52, KON 24, EW-g SP
- Atris: KAM 41, KON 18, EW-g SP
- Gordo: KAM 36, KON 15, EW-g SP
- Mishna: KAM 44, KON 12, EW-g SP
- Oger: KAM 33, KON 41, EW+4 SP
- Raubkatze: KAM 52, KON 18, EW+1 SP

Gewinnt ein SC einen Kampf oder möchte er (vorgeblich) weitere Kämpfe in der Kampfgrube absolvieren, so wird Lamarat ihn und die Seinen zu einer Prüfung bestellen (4.).

**3C. Erkundigungen.** Erkundigen sich die SCs nach „Yanur", so wird niemand darauf reagieren, da Yanur unter fremdem Namen kämpfte. Aber auch eine Beschreibung verhallt unreflektiert, da sich die Leute nur für das Spektakel vor Ort interessieren.

Einzig der Schmied *Crogos* fällt dadurch (CHA/GES) auf, dass er besonders besorgt an der Balustrade hängt,

### In der Kampfgrube

**Kampf des Abends.** Würfle die Teilnehmer an den Kämpfen des heutigen Abends aus (W6): (1) Barbar Xoth, (2) Söldner Atris, (3) Hafenarbeiter Gordo, (4) Mishna "die Amazone", (5) ein Oger, (6) Raubkatze

**Zufallsereignis.** Würfle ein zufälliges Ereignis des heutigen Abends aus (W6): (1) Taschendieb. (2) Leichtes Mädchen/leichter Junge. (3) Ein „Gast" sticht einen anderen nieder. (4) Eine magische Schriftrolle wechselt den Besitzer. (5) Öllampe verschüttet, kleines Feuer. (6) Aerek Lixo betritt die Kaschemme - eisiges Schweigen.

von wo er das Schicksal seines Bruders Atris verfolgt. Er erkennt in Yanurs Beschreibung einen Mann, der hier bis vor kurzem erfolgreich kämpfte, ehe er überraschend vor einem Kampf mit Xoth ausfiel.

Erregen die SCs durch Herumfragen Lamarats Misstrauen, wird er sie vorgeblich zu einer Vertrauensfrage bestellen (4.), in Wahrheit aber in einen Hinterhalt locken.

**4. Prüfung** (3 QP). Die „Prüfung" findet bei der alten Mühle (1 km nördlich der Stadt) statt. Sie besteht darin, einem überführten Verräter (Yanur!) den Gnadenstoß zu geben. Nur so könne Lamarat sicher sein, dass die Anwärter vom Geiste des Schwarzen Netzes seien und es verdienen, weiterhin Teil der Kampfgrube zu sein.

Die Mühle besteht aus dem Mühlrad am Flussufer, einem ehemaligen Wohngebäude und einem turmartigen Speicher. Das Gebäude ist seit Jahren verlassen und in entsprechend schlechtem Zustand. (Sind die SCs Lamarat suspekt erschienen, so sind im Inneren 2 Bogenschützen positioniert). An einen Balken im Inneren oder an einen Baum davor gebunden befindet sich Yanur. Er wurde schlimm zugerichtet und ist nicht in der Lage zu kämpfen.

- *Lamarat: KAM 36, KON 15, EW-k SP und BEP (Peitsche)*
- *Lamarats Leibwächter (2): KAM 43, KON 18, EW SP (Entermesser, Beil)*
- *Bogenschützen: KAM 42, KON 12, EW-g SP*

Zufälligerweise sind auch 3 Goblins in der Nähe und warten darauf, allfällige Leichen um ihre Habe zu bringen. Sie greifen eventuell ein.

**5. Yanurs Schicksal** (1 QP). Sobald er in Sicherheit ist, wird Yanur berichten, dass er in der Kampfgrube an einer Sonnentätowierung am Bein als Sohn des Hohepriesters erkannt wurde. Man witterte in ihm darob einen Spion und schlug ihn bis zur Besinnungslosigkeit. In Wahrheit habe Yanur nur kämpfen wollen, um sich abzureagieren und dem Tempel für ein paar Stunden wöchentlich zu entfliehen...

Zurück zum Tempel will Yanur unter keinen Umständen. Er verabscheut sein Leben dort und weigert sich beharrlich, zu seinem Vater zurückzukehren. Es dürfte interessant werden, was den SCs am Ende wichtiger ist: Yanurs Schicksal oder ihre Belohnung...

**Epilog.** Wenn die SCs Yanur in den Tempel zurückgebracht haben, ist das Abenteuer zu Ende. Astuith vergilt ihre Mühen, indem er sie segnet und jeweils mit 100 Gold belohnt.

# DER FLUCH DES WEISSEN VAYIR

Ein gnadenloser Schneesturm hält Lys Marrah seit Wochen in Kälte gefangen. Als Brennholz und Nahrung knapp werden, bittet der Stadtfürst die SCs um Hilfe. Bald schon erfahren sie vom Weißen Vayir-Falken, der ganze Landstriche in Schnee und Eis versinken zu lassen vermag...

## ◉ Hintergrund

Vor einigen Monaten barg der verbannte Istrith-Magier Aphanior im hohen Norden das Kristallei des Weißen Vayir, des legendären Schnee und Eis bringenden Winterfalken. Aphanior schmuggelte es in die Stadt Lys Marrah, wo er es an die Gnome der Raratinca-Gilde verkaufte, die es für einen wertvollen Kristall hält. Der Vayir erwachte unterdessen aus seinem Sommerschlaf und flog dem Ei hinterher. Noch am Tag der Übergabe erreichte er Lys Marrah - und mit ihm das kalte Grauen.

## Abenteuerverlauf

**Prolog.** Eines Herbsttages verdunkelte sich der Nordhimmel. Ein gigantischer Schneesturm fegte über das Land, setzte sich direkt über Lys Marrah fest und hält die Stadt seit nunmehr 6 Wochen in eisiger Kälte gefangen. Vorräte und Brennholz gehen zur Neige, 28 Leute sind mittlerweile bei der Jagd oder beim Holzsammeln erfroren. Stadtfürst Graf Hurus versetzt Lys Marrah in den Notstand. Seine Truppen verhindern mit Mühe, dass die Völker (Elfen, Zwerge, Gnome, Menschen) im Streit um Nahrungsmittel und Plätze an den Herdfeuern über einander herfallen.

**1. Beobachtung.** Einer der SCs sieht bei entsprechender Gelegenheit einen riesigen weißen Falken majestätisch durch den Sturm gleiten. Auch andere (NSCs) haben ihn bereits gesehen. Es geht das Gerücht, der Sturm sei übernatürlichen Ursprungs - eine Strafe der Götter! Eine ◉ INT/MAG -1 fördert allgemeine Informationen über den Winterfalken zu Tage (s. grauer Kasten).

**2. Konflikte.** Wenn sich die SCs mit dem sozialen Gefüge in Lys Marrah auseinander setzen, können sie folgende Konflikte (Nebenhandlungen) aufgreifen:

♦ Die Stadtregierung möchte die Bäume am Elfenhügel abholzen, die Elfen sind strikt dagegen, da der Hügel heilig sei und viele ihrer Häuser in den Bäumen liegen.

♦ Von den Gnomen der reichen Raratinca-Gilde wird berichtet, dass sie Feuergold besitzen und damit Heizmaterial für eine sehr viel längere Zeit horten, als der Rest der Stadt überleben kann. Die Gnome denken jedoch nicht daran, das Feuergold zu teilen.

♦ Die Zwerge weigern sich, an den Baustellen der Unterstadt Wache zu halten. Es werde dort immer kälter. Dass schlimmstenfalls Monster an die Oberfläche dringen, sei nicht allein "ihr Bier".

♦ Die Leute verdächtigen die Botschafterin der Magier von Istrith, Vendra Amaas, durch das letztjährige Vertreiben des Roten Mortulus das Gleichgewicht der Jahreszeiten gestört zu haben, und schüren Aggressionen gegenüber den Magiern.

**3. Ermittlungen.** Während die SCs allerlei Hinweise sammeln, kommen die entsprechenden Abschnitte im Kapitel "Örtlichkeiten" zum Tragen. Den Spielern ist deutlich zu machen, dass Lys Marrah in ca. 2 Wochen am Ende sein wird, wenn es ihnen nicht gelingt, den Weißen Vayir zu vertreiben. Würfle pro Tag ein zufälliges Ereignis (2W6) aus. Die Chance ist halbiert, wenn die SCs besondere Maßnahmen gegen das Chaos getroffen bzw. veranlasst haben.

| | |
|---|---|
| 2/12 | Der Weiße Vayir fliegt tief über die Stadt: 4W6 Leute drohen in ihren Häusern zu erfrieren. |
| 3/11 | Aufstand in einer der großen Notunterkünfte: 3W6 potenzielle Opfer durch Massenschlägereien, Unfälle mit Feuer etc. |
| 4/10 | Plünderer machen einen Bezirk unsicher: 2W6 potenzielle Opfer. Je nachdem, welchem Volk (Menschen, Orks, Zwerge...) sie angehören, kann das zusätzlichen Konfliktstoff bergen. |
| 5/9 | Monster aus der Unterstadt dringen nach oben durch: W6 potenzielle Opfer durch verirrte Mantikore, Werwölfe oder ausgehungerte Goblinbanden |
| 6-8 | kein Ereignis |

**4. (Er-)Lösung.** Es gibt mehrere Möglichkeiten, Lys Marrah zu retten, z.B. indem das Ei zerstört, zurückgegeben oder an einen fernen Ort gebracht wird. Die SCs könnten aber auch die Feder des Roten Mortulus als Waffe verwenden oder diesen selbst aus seinem Winterschlaf wecken. Kreative SCs werden wahrscheinlich eigene Wege finden; als SL solltest du dies zulassen und nicht auf einer der hier erwähnten Varianten bestehen. Für die Rettung Lys Marrahs erhalten die SCs je 300 Gold und 15 QP.

## Örtlichkeiten

⦿ Die folgenden Örtlichkeiten bieten sich auch zur Szenengliederung an.

**A. Botschaft von Istrith.** Botschafterin Vendra Amaas (aufrecht, maskenhaft) beobachtet besorgt, wie ihre 6 Adepten versuchen, telepathischen Kontakt mit dem Zirkel von Istrith aufzunehmen, doch der Schneesturm teilt die Magieresistenz des Winterfalken, wodurch die Rituale wirkungslos bleiben. Vendra Amaas gibt bereitwillig allgemeine Informationen über den Weißen Vayir, wirkt dabei aber angespannt. Eine ⦿ INT/GES oder sanftes Erkundigen beim Hauspersonal enthüllt, dass sie etwas verbirgt: Sie erhielt vor einigen Wochen eine schriftliche Botschaft aus Istrith, die sie sehr besorgt las und seitdem in ihrem Studierzimmer verborgen hält. Vor neugierigen SCs, die dort einbrechen, wird die Schriftrolle (⦿) von 2 lebenden Ritterrüstungen beschützt.

✠ *Ritterrüstung: KAM 44, KON 15, EW+2 SP, RS 6*

Nur unter großem Druck enthüllt Vendra Amaas folgende Informationen (da sie dem Ansehen des Zirkels von Istrith schaden könnten):

♦ Aphanior zürnt der Stadt seit seiner zwangsweisen Abberufung aus dem Amt des Botschafters von Istrith.
♦ Aphanior wurde vom Zirkel für schuldig befunden, gemeinsam mit den Gnomen an Hehlereien beteiligt gewesen zu sein.
♦ Aphanior hasst die Gnome, da sie ihn im Stich ließen, als er seine Unschuld zu beweisen suchte.

**B. Gildenhaus der Raratinca.** Die Gnome der Raratinca-Gilde sitzen auf größeren Mengen Feuergoldes, ein alchemistisches Brennmittel, das es ihnen ermöglicht, die Kälte etwa doppelt so lange zu überwinden wie der Rest Lys Marrahs. Das Feuergold wird in unauffälligen Zinshäusern gelagert, jeweils bewacht von 3-4 Orkkriegern.

✠ *Orkkrieger: KAM 43, KON 21, EW SP, RS 2*

Der Gnom *Reghod*, Stellvertreter von Gildenoberhaupt Ghalag Schwarzgesicht, weiß als einziger von dem Handel mit Aphanior. Er verwahrt das Paket mit dem Kristall (Ei) im Gewölbe des Gildenhauses, wo seine starke magische Aura mittlerweile einen flügellosen, blinden Erddrachen aus der Unterstadt angelockt hat. Das Monstrum hat den Boden durchbrochen und schleicht unruhig zwischen den Truhen und Kisten umher.

✠ *Erddrache, blind: KAM 33, KON 88, EW+2 SP, RS 4, #AT: 2*

**C. Aerek Lixos Versteck.** Das Oberhaupt des Schwarzen Netzes, der kleinwüchsige Aerek Lixo, hat einen alten Turm bezogen, der auf einem Felsen in der Mitte des Flusses gelegen ist und als verlassen gilt. Weder am Felsen noch am Turm bleibt Schnee liegen, da Aerek Lixo im Besitz einer Feder des Roten Mortulus ist. Sie verstärkt sein Herdfeuer um ein Zigfaches und kann als Waffe EW+10 Feuerschaden verursachen (Attacken um 1 erschwert).

Der Zugang zum Turm erfolgt über die größtenteils zugefrorene Wasserdecke des Flusses, die von 6 kristallinen Riesenwasserläufern unsicher gemacht wird.

✠ *Kristalliner Riesenwasserläufer: KAM 36, KON 7, EW-g SP, RS 4 (Eisschicht)*

Aerek Lixo lässt das Innere des Turms von 12 Söldnern und Fallen nach Maßgabe des SL sichern und gibt die Feder um keinen Preis (mit Ausnahme eines neuen Körpers) her.

✠ *Söldner: KAM 33, KON 12, EW SP*

**D. Höhle des Roten Mortulus.** Der Rote Mortulus schläft in den Wintermonaten in einer "glühenden, dampfenden" Höhle, hoch oben am Berg Ytulis, eine halbe Tagesreise ostwärts gelegen. Um zu seinem Nest zu gelangen, gilt es, Lavafontänen auszuweichen (2W6 SP) und ein Feuerelementar zu überwinden, das sich als "Hausherr" des Berginneren sieht.

✠ *Feuerelementar: KAM 53, KON 36, EW+2 SP, Feuer*

Dahinter befindet sich der schlafende Feuervogel (siehe Seite 55), umgeben von einer rotglühenden sengenden Aura. Fühlt er sich unsanft geweckt, wird er wie von Sinnen wüten, es sei denn, die SCs besänftigen ihn mit einem magischen Phänomen oder einer Geste guten Willens (z.B. Zurückbringen seiner Schwanzfeder).

Sobald der Rote Mortulus begreift, dass sein Rivale, der Weiße Vayir, in sein Territorium eingedrungen ist, wird er ihn herausfordern. Bevor er aber seine Höhle verlässt, wird er sich zur Verstärkung der Intelligenz der SCs bemächtigen, die ihn dann in einem Kampf auf

---

🜂 *Werte Botschafterin, liebe Freundin,*
*Ihr solltet wissen, dass Euer Vorgänger, Aphanior, aus seinem Exil im Norden hat aufhorchen lassen. Er habe einen Kristall von großer Macht gefunden, heißt es in einer kurzen Note, worauf wir eine Gruppe Adepten zur Analyse entsandten, von denen jedoch keiner wiederkehrte. Der Zirkel befürchtet, dass es sich bei dem Kristall um ein Ei des Weißen Vayir handeln könnte.*
*Sollte Aphanior in Euren Breiten auftauchen, gebt uns Kunde und - seid vorsichtig!*
*Yuvarian,*
*Arcusmagus zu Istrith*

Leben und Tod steuern und verkörpern dürfen. Dabei gilt:
- Die Besonderheiten der beiden Vögel heben einander weitgehend auf, d.h. keiner erleidet im Nahbereich des anderen Schaden, und der Rüstschutz bleibt außer Betracht.
- Damit sich alle Spieler einbringen können, darf jeder pro KR ein Manöver des Roten Mortulus beschreiben und die entsprechende Probe würfeln. Das beste Probenergebnis zählt.
- Unangenehmerweise verteilt sich Schaden, den der Feuervogel im Kampf erleidet, auf seine „geistigen Teilhaber", die SCs.

**E. Aphaniors Turm.** Aphanior konnte sich vor dem Schneesturm in diese Turmruine im Wald retten, ca. eine halbe Stunde außerhalb der Stadt gelegen. Er hält dort ein magisches Feuer aufrecht, aus dem er Verstärkung beschwören kann.

✠ *Aphanior: KAM 45, MAG 62, KON 38, EW SP, Magie (3 Feuerwölfe beschwören, Grad 3).*

✠ *Feuerwolf: KAM 44, KON 15, EW SP, Feuer*

Aphanior ist ein eitler Mann, für den die Demütigung der Amtsübergabe an Vendra Amaas schlimmer waren als seine Verbannung in den Norden. Wenn er sein Ende kommen sieht, wird er versuchen, so viel Schaden wie möglich anzurichten.

## Der Weiße Vayir

Der **Weiße Vayir**, auch Winterfalke genannt, ist göttlichen oder zumindest magischen Ursprungs. Das 3 Meter große Tier mit dem weißen Gefieder und den befremdlich weißen Augen lebt im hohen Norden, wo es im Sommer schläft und im Winter Schneefall und eisige Stürme zeitigt. In den Breiten Lys Marrahs wurde der Vayir noch nie gesehen. Einmal alle 10 Jahre legt er ein Ei, das wie ein Kristall schimmert und seine Nachkommenschaft beherbergt. Er gilt als immun gegenüber jeder Art von Magie.

◉ Der Weiße Vayir ist auch unempfindlich gegenüber physischen Einwirkungen, da jede Materie, die weniger heiß als ein Sonnwendfeuer ist, an seinem Gefieder vereist und zerbricht.

✠ *Weißer Vayir: KAM 55, KON 85, EW+3 SP, RS 20 (Aura der Kälte) bzw. 10 gegen Feuer, Magieresistent, Sturzangriff. Lebewesen erleiden in seiner Nähe 3W6 Kälte-SP/KR.*

## Der Rote Mortulus

Der **Rote Mortulus**, auch Feuervogel genannt, wird mit Wärme, Hitze und Sommer assoziiert. Sein Gefieder ist feuerrot und von züngelnden Flammen umgeben. Der Rote Mortulus ist wild und unberechenbar und setzt immer wieder Häuser in Lys Marrah in Brand. Letztes Jahr vertrieb ihn Botschafterin Vendra Amaas mit einer Lanze aus magischer Energie, wobei er eine seiner magischen Federn ließ.

◉ Der Rote Mortulus ist das mythologische Gegenstück zum Weißen Vayir und aus naheliegenden Gründen ein natürlicher Rivale des Winterfalken. Aufgrund ihres unterschiedlichen Lebensraums beggenen sie sich jedoch normalerweise nicht.

✠ *Roter Mortulus: KAM 44, KON 70, EW+3 SP, RS 20 (Aura der Hitze) bzw. 10 gegen Kälte, Sturzangriff. Lebewesen erleiden in seiner Nähe 3W6 Hitzeschaden pro KR.*

# SPIELLEITER-SOLO ZU ERWARTETE ENTFÜHRUNG

Wir wollen uns nun gemeinsam ansehen, wie du als Spielleiter mit Entscheidungen der Spieler umgehen kannst. Wir begleiten daher eine fiktive Spielegruppe durch das Szenario „Erwartete Entführung". Beginne bei →01 zu lesen und springe danach immer zu jenem Abschnitt, der dich am meisten interessiert.

**01** Du inszenierst den Prolog, durch den die Spieler von Ilunas Verschwinden erfahren.
- Die Spieler versuchen, an den Stadtherrn heran zu kommen. →05
- Die Spieler bekunden Desinteresse und gehen zurück in die Taverne. →04
- Die Spieler fangen gleich an, wahllos Leute vor Ort zu befragen. →03

**02** Wenn deine Spieler bzw. ihre SCs nicht durch Geld zu motivieren sind, dann versuche sie bei ihrem Ehrgeiz zu packen. Lass Nagrus sie zu einem „sportlichen Wettstreit" herausfordern. →10

**03** Der Prolog ist noch nicht einmal vorbei, und die Spieler gehen gleich zur Sache. Wenn du möchtest, dass sie zuerst alles auf sich wirken lassen, sich „warm spielen", ihr Äußeres beschreiben usw., so könntest du klar machen, dass die überfüllte Ratshalle nicht der optimale Ort ist, um Ermittlungen zu starten, nicht zuletzt da die Menschen hier aufgewühlt und unruhig sind. →10

**04** Graf Hurus sieht, wie sich die SCs abwenden und ruft: „Ihr da hinten! Wendet euch nicht ab. Ich sehe, ihr tragt Schwerter und Schilde. Wenn sich Euresgleichen in einer solch verzweifelten Stunde abwendet, welche Hoffnung haben wir dann noch?" Es ist totenstill in der Halle, alle starren die SCs an.

Du hast Graf Hurus damit als sorgenden Bruder und verletzlichen Menschen charakterisiert und die SCs auf ein Podest gehoben. Die meisten Spieler werden nun wohl doch „anbeißen". →10

**05** Mach es ihnen nicht zu leicht, denn immerhin ist Graf Hurus der höchste Würdenträger in Lys Marrah, v.a. wenn die SCs noch „unbeschriebene Blätter" sind. Sie könnten sich vielleicht erst durchschlängeln oder Wachen davon überzeugen müssen, dass sie nichts Böses im Schilde führen. Danach
- fragen die SCs Graf Hurus ein Loch in den Bauch. →06
- verlangen die SCs eine höhere Belohnung. →07
- treten die SCs in Interaktion, stellen sich namentlich vor usw. →08

**06** Als Spielleiter willst du einen NSC wie Graf Hurus nicht zu einer billigen Informationsquelle degradieren. Der Stadtherr dankt ihnen daher für ihren Einsatz, verweist aber bezüglich Details auf seinen Haushofmeister und das restliche Personal in seinem Haus. →10

**07** Graf Hurus mustert die SCs enttäuscht. „Ist es Euch nicht Lohn genug, Eurem Herrscher die Sorge zu nehmen, die sein Herz so sehr plagt? Wenn Euch das und 100 Gold nicht dazu bewegen können, das Richtige zu tun, dann weiß ich auch nicht."

Wenn die SCs noch immer nicht „anbeißen", musst du Trick Siebzehn bemühen: Konkurrenz! Nagrus und seine Söldner erscheinen. Nagrus wendet sich an den Grafen: „Euer Lordschaft, Ihr braucht diese geldgierigen Hunde nicht. Wir werden Iluna für Euch finden, und wenn es das Letzte ist, das wir tun. Verlasst Euch auf uns."

Spätestens jetzt sollten die Spieler motiviert sein, das Abenteuer anzunehmen. →10. Falls nicht →02.

**08** Spieler brauchen das Gefühl, bedeutsam zu sein, und die Interaktion mit wichtigen NSCs befriedigt dieses Bedürfnis. Graf Hurus wird sich daher höflich anhören, was sie zu sagen haben und ihre Namen interessiert nachsprechen. „Ich danke Euch, dass Ihr gekommen seid, um zu helfen. Wenn es Euch gelingt, meine Schwester zu finden, werde ich Eure Namen bestimmt nicht zum letzten Mal im Munde getragen haben."

- Die SCs fragen Graf Hurus ein Loch in den Bauch. →06
- Die SCs verlangen eine höhere Belohnung. →07
- Die SCs sind glücklich und lassen Graf Hurus sich würdevoll zurückziehen. →10

**09** Mal sehen, ob unsere Ansätze mit deiner Lösung konkurrieren können:

- Du lässt einen alten Strafgefangenen auftauchen, der sich in der Nähe versteckt und zugehört hat. Er bietet den SCs an, ihnen die Lösung zu verkaufen, wenn sie ihm einen Gefallen erweisen.
- Du lässt eine andere Spur auftauchen, die zur Ruine führt, z.B. einen Kräutersammler, der dort in der Nähe ein Licht gesehen haben will.
- Du gibst den Spielern die Chance, die Weide mit Gewalt zum Reden zu bringen. Nicht originell, nicht elegant, aber möglich.

Anschließend geht es ab in den Sumpf →23.

**10** Wir sind nun in Episode 1 (Punkt 1. im Abenteuerkonzept) angekommen. Deine Aufgabe ist es, 6 Informationen an die Spieler zu bringen und ihnen das Gefühl zu geben, dass sie sich diese Informationen selbst erarbeitet haben. Du beginnst am besten damit, demonstrativ die Karte von Lys Marrah auf den Tisch zu legen und die Spieler zu fragen, was sie zu tun gedenken. Das Ganze kann sich nun wie folgt entwickeln:

- Die SCs erhalten den Hinweis auf die Sümpfe und verlassen die Stadt umgehend, um dort nachzuforschen. →11
- Die SCs geraten völlig auf den falschen Dampfer. Sie wittern z.B. eine Verschwörung im Hause des Stadtfürsten und beginnen, sich in haarsträubenden Theorien zu verlieren. →12
- Unglaublich, aber wahr: Die SCs durchschauen den Plot auf Anhieb und teilen ihre Vermutung mit Graf Hurus. →13
- Die SCs nutzen ihre Große Gabe, um Ilunas Aufenthaltsort auszumachen. →14

**11** Damit ist Episode 1 überraschend schnell beendet. Du bist vielleicht enttäuscht, denn du hättest gerne alle Informationen über Iluna an die Spieler weitergegeben. Das kannst du aber immer noch tun, z.B. über den Vorarbeiter in den Sümpfen. Abenteuer sind im Rollenspiel ständig im Fluss - versuche nicht, gegen den Strom zu schwimmen. →15

**12** Als Spielleiter solltest du ihnen nicht direkt sagen, dass sie auf dem Holzweg sind, aber du musst dafür sorgen, dass sie sich nicht völlig verrennen. Was natürlich um so schwieriger ist, wenn sie nur in der Taverne sitzen und Theorien spinnen. In diesem Fall könnte es so gehen: „Ihr hört Begeisterungsrufe auf den Straßen und seht, wie Nagrus und seine Söldner sich feiern lassen. Sie verkünden großmäulig, Ilunas Spur gefunden zu haben und noch heute in die Sümpfe aufzubrechen."
Dieser nicht ganz so dezente Hinweis sollte die SCs wieder auf den richtigen Weg zurück führen. →15

**13** Ruhig Blut. Manche Spieler haben ein geradezu übernatürliches Gespür für Zusammenhänge, und nicht jedes Abenteuer muss zwangsweise zu einem Aha-Erlebnis führen. Der Stadtfürst jedenfalls zweifelt ohnehin an der Theorie: „Was?? Meine Schwester würde niemals mit einer Hexe einen Pakt schließen! Eure Anschuldigung ist so ungeheuerlich wie lächerlich! Geht lieber hinaus und sucht Iluna, und kommt erst wieder, wenn ihr sie gefunden habt!"
Streue keinesfalls falsche Fährten aus, nur weil du meinst, das Abenteuer sei für die Spieler zu einfach! →15

**14** Zum Beispiel folgendermaßen:
- Ein SC bringt sein NATUR-Talent ins Spiel, um besonderen Geruchssinn zu entwickeln und Ilunas Witterung aufzunehmen. →16
- Ein SC bringt sein MAGIE-Talent ins Spiel, um eine Vision von Ilunas Aufenthaltsort zu erzwingen. →17

**15** In Episode 2 geht es zunächst darum, den Spielern den Kampf der Stadt gegen die sich ausbreitenden Sümpfe zu beschreiben. Als SL solltest du den Spielern nicht nur eine Geschichte erzählen, sondern auch immer neue Details zu ihrer Welt enthüllen. Anschließend:
- Die SCs marschieren in die Sümpfe, ohne sich vorher bei irgend jemandem erkundigt zu haben. →18
- Die SCs nutzen die Große Gabe NATUR, um den Sumpf zu durchkämmen. →19
- Die SCs stellen sich bei Ikkus vor und holen Informationen ein. →20

**16** Du könntest die Witterungsaufnahme als Grad 2-Effekt inszenieren, der die SCs zu den Sümpfen, aber nicht in die Sümpfe führt: „Du nimmst plötzlich eine Vielzahl von Gerüchen wahr, nicht alle nur angenehm. Es dominiert ein feucht-modriger Geruch von Pflanzen, gepaart mit dem edel-süßen Duft einer gepflegten Frau. Wie leise Fahnen in der Luft führt er dich aus Ilunas Kemenate und scheint deutlicher zu werden, je weiter du dich davon entfernst. Als ihr den Stadtrand erreicht, deutest du auf die weitläufigen Sümpfe. Leider überwiegt hier allmählich der feucht-modrige Geruch, während sich Ilunas Duft verliert." →11

**17** Du könntest das als Grad 2-Effekt inszenieren, der den SCs etwas Neues, Überraschendes enthüllt, ihnen aber die Möglichkeit erhält, die verschiedenen Episoden des Abenteuers zu durchlaufen. „Du schließt die Augen und in deiner inneren Wahrnehmung entsteht das Bild einer schönen Frau. Sie ist geknebelt und windet sich in einem Zustand von Hilflosigkeit. Du versuchst zu erkennen, wo sie sich befindet, doch irgendwie will sich ihre Umgebung nicht zeigen. Auf einmal weißt du, warum, denn es schiebt sich eine hässliche Fratze in dein Blickfeld. Eingesunkene Augen in einem lederhäutigen Gesicht starren dir feindselig entgegen. Sie zischt: ‚So leicht mache ich es euch gewiss nicht. Sie gehört mir!!' Danach endet die Vision." →11

**18** Wenn du möchtest, dass die SCs den Sumpf auch in Zukunft als bedrohlich und unwegsam ansehen, solltest du sie hier nicht ohne weiteres – ohne Ortskundigen, ohne Anhaltspunkt – herum wandern lassen. Sie geraten daher eventuell in ein Wasserloch, wo sie von Riesenmoskitos oder Riesenblutegeln angegriffen werden. Danach taucht ein Kräutersammler auf. „Seid ihr von Sinnen, einfach in Yunraes Sumpf zu spazieren? Was habt ihr erwartet? Kommt, ich bringe euch zurück zum Lager. Dort habe ich Heilsalben."

Im Lager hast du dann Gelegenheit, die SCs mit jenen Informationen zu versorgen, die sie brauchen, um dem Abenteuer weiter zu folgen. →20

**19** Natürlich wollen wir, dass die SCs den Sumpf nicht stumpfsinnig durchsuchen, sondern zuerst das Rätsel bei der Weide lösen und dann gezielt zu den Ruinen marschieren. Wenn sie nun aber mit der Großen Gabe das Hindernis Sumpf ausschalten (mindestens Grad 2), könntest du ein anderes Hindernis erschaffen: „Egal, wo ihr euch hinwendet, sobald ihr versucht, tiefer in den Sumpf einzudringen, tauchen grüne, monströse Gestalten aus dem Dunst vor euch auf: drei Schritt groß und breit wie Felsen. Es dürfte schwer werden, an ihnen vorbei zu kommen."

Da du nun ein Hindernis durch ein anderes ersetzt hast, muss die Weide den SCs in der nächsten Episode nicht nur einen Hinweis geben, sondern auch

z.B. ein besonderes Harz, das, wenn die SCs es verbrennen, Yunraes Diener vorübergehend außer Gefecht setzt. →20

**20** Ein Drittel des Abenteuers ist bereits vorüber. Wenn die SCs bisher keine Kämpfe zu bestehen hatten, kann es sein, dass der eine oder andere Spieler bereits unruhig wird. Nutze also die optionale Episode 3, falls du das Gefühl hast, die Spieler könnten Abwechslung vertragen. Danach widmen wir uns der Weide. →22

**21** Das Abenteuer sieht vor, dass du den Spielern auf die Sprünge helfen kannst, wenn ihnen eine Probe auf INT/NAT gelingt. Leider verhauen alle Spieler ihre Probe. Was tun? Überlege kurz und lies dann, welche Möglichkeiten uns eingefallen sind. →09

**22** Du beschreibst den Spielern die Weide und ihr Rätsel, und …
♦ die Spieler finden die Lösung nicht. →21
♦ die Spieler finden die Lösung. →23

**23** Die SCs wissen, was es zu wissen gibt, und befinden sich nun auf dem Weg in den Sumpf. Du beschreibst in schillernden Farben das unwegsame Terrain, die lästigen Mücken, die blubbernden Sumpflöcher und die Rufe von Kröten und Waranen, die durch den unheimlichen Nebel dringen, und …
♦ deine Spieler sitzen still da mit einem Gesicht Marke „Na und?" →24
♦ deine Spieler scherzen und lachen und rascheln mit der Chips-Packung. →25

**24** Wenn es dir schwer fällt, den Spielern das Gefühl der Mühsal zu vermitteln, das ein Marsch durch den Sumpf mit sich bringt, musst du dir vielleicht ein konkretes Problem ausdenken: Einer der SCs hat bereits blutig gekratzte Bisswunden von Moskitos. Einem anderen erzählst du, dass eine kleine Schlange in seinen Stiefel kriecht (was er sich möglicherweise eingebildet hat). Sobald jeder „sein" Problem gelöst hat, geht die Erzählung weiter. →26

**25** Atmosphäre schaffen ist schwierig, wenn die Spieler nicht mitmachen. Solange du der einzige bist, der das versucht, bist du auf verlorenem Posten. Gehe einfach darüber hinweg und sprich vielleicht nach dem Abenteuer mit den Spielern über deine Erwartungen an ihre Mithilfe beim Schaffen von Atmosphäre. Im Augenblick kannst du nichts anderes tun, als sie zu beschäftigen. →26

**26** Jetzt wird es spannend. Während das Abenteuer bisher sehr linear verlief, kann es sich nun in alle möglichen Richtungen entwickeln. Sehen wir uns an, auf welche Ideen unsere fiktive Spielergruppe kommt:
- Die SCs befreien Iluna und lassen Yunrae nicht einmal zu Wort kommen. →27
- Die SCs nehmen Iluna als Geisel und drohen Yunrae sie zu töten. →28
- Die SCs halten zu Yunrae und machen sich die Hexe zum Freund. →29
- Die SCs ballen ihre Großen Gaben, um Lys Marrah von der unseligen Yunrae zu befreien. →30

**27** Gut möglich, dass deine Spieler zu jenen gehören, die Angst haben, wertvolle Zeit zu verlieren, wenn sie einen NSC zu Wort kommen lassen. In diesem Fall solltest du demnächst ein Abenteuer bauen, in dem sie genau das – sich mit einem großen Gegner im Gespräch auseinander zu setzen – tun müssen. Hier und jetzt solltest du es einfach hinnehmen und Iluna am Ende hintergründig lächeln lassen. Versuche nicht, ihnen einen filmreifen Monolog der Hexe Yunrae aufzuzwingen. →33

**28** Wenn dir so etwas widerfährt, bist du von höchst kreativen Spielern umgeben. Freu dich über unkonventionelle Lösungen und belohne sie dafür! Außerdem: Warum sollte Yunrae nicht ebenfalls völlig perplex sein? Lass Nagrus und seine Söldner auch noch hinzustoßen, dann wird Yunrae sich völlig überfordert zurückziehen, und es bleiben „nur" noch ihre Diener übrig. →33

**29** Die Spieler als Agenten der Hexe – wunderbarer Stoff! Folge dieser überraschenden Wendung. Stelle Yunrae als missverstandene Außenseiterin dar, die gar nicht so böse ist, wie alle sagen. Lasse dir für das nächste Abenteuer einen Vertrauensbeweis einfallen, den die SC erfüllen müssen; eine Mission oder ein symbolisches Opfer. Lass die SCs in der Stadt auf einen Priester treffen, der u.U. ihr Bündnis mit der Hexe herausfindet. Nutze die Gelegenheit für eine ganz abgedrehte Kampagne! →33

**30** Die SCs haben noch fast alle ihre Konstitution- und Destiny-Punkte, und die Versuchung, Lys Marrah von der bösen Hexe zu befreien, ist groß. Wenn du Yunrae nicht gefährlich genug geschildert hast, kommt es schlimmstenfalls so: Ein SC springt auf Yunrae zu und hält ihr ein Messer an die Kehle (GESCHICK). Ein anderer paralysiert sie auf magischem Wege (MAGIE). Der dritte SC hält sie mit eisernem Griff fest (STÄRKE), und der vierte stürmt auf sie zu, um sie bewusstlos zu schlagen (KAMPF). Uff.
- Du erklärst, dass Yunrae unverletzlich und magieresistent ist, würfelst hinter der Hand und verkündest: „Tja, leider hat Yunrae erfolgreich

verteidigt. Und nun ist sie dran und teleportiert sich weg." →32
- Du gibst dich geschlagen. →31

**31** Man muss wissen, wann man besiegt ist. Wenn die Spieler ihre Ressourcen derart bündeln, so hat Yunrae sie möglicherweise schlicht und ergreifend unterschätzt und zu nahe an sich heran gelassen. Damit muss Yunrae aber noch längst nicht aus dem Spiel sein! Solange sie sich nicht wehrt, werden die SCs sie vermutlich am Leben lassen und den Stadtobersten aushändigen. Überlege dir, wie die Geschichte weitergehen könnte. Eines ist sicher: Die SCs werden darin eine wichtige Rolle zu spielen haben. →33

**32** Den Spielern wird diese Entwicklung gewiss nicht gefallen. Sie haben ihre Kräfte gebündelt und Destiny-Punkte en masse ausgegeben, um Yunrae gefangen zu setzen. Sie werden sich um den Sieg betrogen fühlen. Daher unser erklärter Tipp: Führe keine gottähnlichen NSCs, die den Spielern immer eine Nase voraus sind, derer man niemals habhaft wird, die alles im Vorhinein wissen und die niemals Fehler machen. Solche NSCs frustrieren Spieler ohne Ende und sind für niemanden ein Gewinn. →33

**33** Je nachdem, wie sich Episode 6 entwickelt hat, kannst du es noch zu einem Finalkampf mit den Sumpfmonstern oder mit Nagrus und seinen Leuten kommen lassen. Sollte die Konfrontation mit Yunrae aber spannend und interessant gewesen sein, kannst du es damit auch bewenden lassen und den Finalkampf auslassen. Auch das gehört zum Spielleiter-Sein: Szenen zu streichen, wenn sie nicht mehr so recht passen wollen. →34

**34** Die SCs kehren nun – hoffentlich gesund und munter – aus den Sümpfen zurück und ernten entweder Lob und Bewunderung oder eine Menge Fragen, die sie vielleicht gar nicht beantworten wollen. In jedem Fall erhalten sie ihre schwer verdienten Questpunkte.

Wir hoffen, dir mit diesem kleinen Spielleiter-Solo den Einstieg in die Welt des Spielleitens schmackhaft gemacht zu haben. Bedenke immer: Das Schönste am Rollenspielen ist die gemeinsame Zeit und die Freude an der Geschichte. Überrascht euch gegenseitig, und ihr werdet eine Vielzahl unvergesslicher Abenteuer erleben!

# BEISPIELCHARAKTERE

**Jangar**   Nachdem dein Vater der Wilderei bezichtigt wurde, verließ er Telaskia und nahm dich mit in die Wildnis von Norild. Er lehrte dich alles, was er wusste über Kräuter und Pflanzen, Tiere und Monster, und er teilte mit dir auch so manches Geheimnis der Wälder. Eines Tages kam ein Minotaurus zu eurem Lager. Dein Vater sprach ausgiebig mit ihm, dann verabschiedete er sich schweren Herzens von dir und versprach, dich dereinst wieder in Lys Marrah zu treffen. Das ist nun viele Jahre her. Du lebst mittlerweile in beiden Welten: In der Stadt verdingst du dich als Tiermeister, in den Wäldern suchst du Kräuter, die du gut genug verkaufen kannst, um ein Auskommen zu finden.

| Natur | Kampf | Gesellschaft | Magie |
|---|---|---|---|
| 44 | 35 | 32 | 31 |

| Konstitution | Destiny-Pkt. | Gold |
|---|---|---|
| 15 | 6 | 20 |

**Äußeres:** robuster Körperbau, tiefliegende warme Augen, Vollbart

**Wesen:** naturverbunden, wortkarg, geduldig, moralisch

**Habe:** Speer, 3 Wurfspeere, allgemeine Ausrüstung, 20 Gold

**Ebbenyn**   Man hält dich für einen Magier von Istrith, zumal du deren Zaubertechnik beherrschst. Wenn die wüssten, dass dein Vater lediglich Imker war! In jungen Jahren fandest du an einer entlegenen Stelle den Leichnam eines Istrith-Magiers. Du rangst lange mit dir, ehe du sein Buch und seinen Ring an dich nahmst. Den Ring verkauftest du, um bei einem Schreiber heimlich Unterricht im Lesen zu nehmen, und abends, wenn alle schliefen, studiertest du das Zauberbuch. Heute beherrscht du die magischen Künste so gut, dass niemand daran zweifelt, dass du in Istrith unterwiesen wurdest. Um dem Schicksal für diese außerordentliche Wendung deines Lebens zu danken, stellst du deine Kräfte in die Dienste des Guten.

| Magie | Gesellschaft | Kampf | Natur |
|---|---|---|---|
| 45 | 35 | 31 | 31 |

| Konstitution | Destiny-Pkt. | Gold |
|---|---|---|
| 15 | 6 | 30 |

**Äußeres:** filigraner Körper, hellblondes Haar, einnehmende graue Augen

**Wesen:** geheimniskrämerisch, zögerlich, rätselhaft, gründlich

**Habe:** Stab, allgemeine Ausrüstung, 30 Gold

## Mendelis

Als sich Quios Gauklertruppe in Lys Marrah niederließ, hatte sich gerade der Artist ein Bein gebrochen, und du, ein Straßenkind, wurdest aufgenommen, ihn zu ersetzen. Quio, der Anführer, trainierte dein Körpergefühl und deine manuelle Geschicklichkeit weit über das hinaus, wozu Menschen normalerweise im Stande sind. Doch ihre Vergangenheit holte die Gaukler ein. Nach und nach erlitten sie bittere Rückschläge und Unfälle – angeblich ein Fluch, den sie in Ras Korgoth auf sich gezogen hatten. Schon bald stritten sie und zerstreuten sich in alle Richtungen. Quio verschwand spurlos. Du bliebst in Lys Marrah und schlägst dich seitdem mit straßentauglichen Kunststücken durch.

**Äußeres:** rotes Haar, lächelnde Lippen, geschmeidige Bewegungen

**Wesen:** sympathisch, ungeduldig, genusssüchtig, Aufmerksamkeit heischend

**Habe:** Dolch, 3 Wurfmesser, allgemeine Ausrüstung, 10 Gold

| Geschick | Charisma | Intelligenz | Stärke |
|---|---|---|---|
| 43 | 34 | 34 | 31 |

| Konstitution | Destiny-Pkt. | Gold |
|---|---|---|
| 15 | 6 | 10 |

## Varulk

Deine Familie hat ein schweres Erbe: Alle waren Henker. Schon als Kind musstest du zusehen, wie dein Vater unter der schwarzen Maske Urteile vollstreckte. „Einer muss es ja tun", pflegte er immer zu sagen, „und wenn ich einmal nicht mehr bin, wird es deine Pflicht sein." Doch es sollte anders kommen: Bei deiner ersten Hinrichtung flog das Axtblatt in hohem Bogen davon. Bei der zweiten brach der Hebel, der die Falltür unter dem Delinquenten hätte öffnen sollen, und bei der dritten sprach der Stadtfürst im letzten Augenblick eine Begnadigung aus. Daraufhin hast du die Henkerskappe an die Wand gehängt und das heruntergekommene Haus deines Vaters gegen Rüstzeug eingetauscht. Ein Leben als Abenteurer wartet!

**Äußeres:** Muskelprotz, kurzes braunes Haar, weiche Gesichtszüge

**Wesen:** aufrichtig, Gerechtigkeitssinn, neigt zu Vereinfachungen

**Habe:** Axt, Rüstung, allgemeine Ausrüstung, 20 Gold

| Stärke | Geschick | Intelligenz | Charisma |
|---|---|---|---|
| 43 | 33 | 33 | 32 |

| Konstitution | Destiny-Pkt. | Gold |
|---|---|---|
| 19 | 6 | 20 |

Name: _____
Volk: _____

| PRIMÄRER ASPEKT | ASPEKT | ASPEKT | ASPEKT |
| --- | --- | --- | --- |
| WERT | WERT | WERT | WERT |

6

## Stufe

## Konstitution  Destiny-Pkt.  Questpunkte

NOTIZEN

# LYS MARRAH

1. FORUM/MARKTPLATZ
2. TEMPEL DES SCHLAFENDEN GOTTES
3. BRUNNEN DER HEILUNG
4. ALTE BIBLIOTHEK
5. AEDIFICIUM DES STADTFÜRSTEN
6. GILDENHAUS DER RARATINCA
7. OROSCHGUR'S ACHTEL
8. TEMPEL DES SKOËN
9. TEMPEL DER VINITH
10. RATSHALLE
11. BOTSCHAFT VON ISTRITH
12. WASSERTURM
13. HAFENMEISTEREI
14. FRIEDHOF
15. HEILERIN USTINIA
16. TAVERNE „ZAUBERLATERNE"
17. SCHMIED CROGOS
18. GELDWECHSLER/PFANDLEIHE
19. SCHNEIDER WENDLIN
20. SCHULDTURM/GEFÄNGNIS
21. ALCHEMIST MORGA
22. TAVERNE „DRACHENGESICHT"

I. GLANZVIERTEL
II. TEMPELBEZIRK
III. HÄNDLERVIERTEL
IV. HANDWERKERVIERTEL
V. ZWERGENBEZIRK
VI. ELFENHÜGEL
VII. ALTER BEZIRK (HMÛR)

# INDEX

Abenteuer 7
Abenteuergestaltung 29
Aerek Lixo 35, 36
Arakhar 32, 37
Aspekt 25
    primärer 10, 22
Ausweichen 18
Beispielcharaktere 62
Bibliothek von Lys Marrah 36
Brunnen der Heilkraft 38
Charisma 10
Destiny-Punkte 15, 22, 23, 25
Dunkelheit, Ewige 32
Effekt 24
    Grad 22
Einschüchtern 18
Elfen 33, 39
Elfenhügel 33
Entfernung 18
Erfahrung 7, 25
Erfolgswert 13
    Erfolgswürfel, großer 13
    Erfolgswürfel, kleiner 13
Erschaffung 7
Fernkampf 18
Geschick 10
Gesellschaft 10
Ghalag Schwarzgesicht 35
Gnome 40
Götter
    Skoën 33
    Vinith 33
Grad 22

Graf Hurus 35, 45
Größe 18
Große Gabe 8, 9, 19, 21, 22, 24, 28, 57, 58
Initiative 17
Intelligenz 10
Istrith 32, 33, 36, 37, 41, 44
Kampagne 30
Kampf 10
Kampfrunde 17
Konstitution 15, 18, 19, 25, 28
Kreaturen 20
Magie 10
Marbarus 32, 37
    Flusshöhlen des 37
Minotauren 38, 40
Monster 20
Moral 18
Nahkampf 18
Natur 10
Nicht-Spieler-Charaktere 7
Norild 32
Nunth "der Hund" Naskor 35
Orks 38, 39
Oroschgur 34
Parade 18
Preise 40
Probe 8, 11
    optimistisch 13, 28
    pessimistisch 14, 18
    Schwierigkeit 11
Questpunkte 25
Raaz Nerech 38
Raratinca 35, 43, 44
Ras Korgoth 35
Rassen 21
Regelfragen 27

Regeneration 22
Renadyenn 33
Rollenspiel 6
Roter Mortulus 37, 55
Rüstschutz 19
Rüstung 19, 40
Schadenspunkte 15
Schlafender Gott 33
Schwarzes Netz 35, 38
Schwarze Sümpfe 32, 37
Skoën 33
Spielercharakter 6
Spielleiter 6, 26
Stärke 10
Storytelling 26
Stufe 25
Szenenfolge 30
Szenenwechsel 15, 16, 22
Telaskia 35, 37
Tod 15
Uzarka 35
Vaern 32
Vendra Amaas 36, 37
Vinith 33
Vongrim 37
Voron's Wald 32, 38
W66 12
Waffe 18, 19, 40
Waffenlos 19
Waren und Preise 40
Wirkungsgrad 22
Yosunquêl 33
Yunrae 37, 38, 45, 46
Zwerge 34, 39

## Abkürzungen

#AT   Attacken pro KR
CHA   Charisma
DP   Destiny-Punkte
EW   Erfolgswert
EW-g   großer Erfolgswürfel
EW-k   kleiner Erfolgswürfel
GES   Gesellschaft
GSK   Geschick
INT   Intelligenz
KAM   Kampf
KON   Konstitution
KR   Kampfrunde
MAG   Magie
NAT   Natur
NSC   Nicht-Spielercharakter
QP   Questpunkte
RS   Rüstschutz
SC   Spielercharakter
SL   Spielleiter
SP   Schadenspunkte
STR   Stärke
Wx   x-seitiger Würfel

- Textstelle
- Szenenwechsel
- Information für SL
- Kampfwerte
- Probe auf ...
- Wenn Probe gelingt:
- Wenn Probe misslingt:

# ANDERE  SPIELE

## Flucht von Valmorca

Inmitten des mächtigen Stromes Norgos liegt die berüchtigte Insel Valmorca, bevölkert von Verbrechern und Verbannten aller Herren Länder. Hier regieren weder Gnade noch Mitgefühl, es herrscht das Recht des Stärkeren. Allein der Gedanke an Freiheit hält dich am Leben, während du dich gegen das lebensfeindliche Eiland zur Wehr setzt. Gemeinsam mit anderen Gefangenen planst du schließlich deine Flucht – ohne zu ahnen, dass euch finstere Kräfte aus alter Zeit um jeden Preis davon abhalten wollen...

Auf 76 Vollfarbe-Seiten (17x22cm) bietet „Flucht von Valmorca":

einen **Überblick** über die Gefangeneninsel sowie über **Herkunftsländer und -völker**,

eine **Kampagne in 30 Szenarien**, flexibel oder sequentiell spielbar, mit **Kartenmaterial**,

ein **Solo-Abenteuer** zum sofortigen Losstarten,

das **Destiny-Regelwerk**, mit dem du sämtliche Destiny-Szenarien spielen kannst!

**Plane deine Flucht JETZT - bevor es zu spät ist!**

Printversion: 76 Seiten, EUR 17,90 (bei amazon.de)
PDF-Version: EUR 10,- (bei rpgnow.com)

www.aceofdice.com

## PORTAL - Das Rollenspiel

Du hast Lust auf jene bodenständige Art des Rollenspiels, wie sie schon fast vergessen war? Mit PORTAL eröffnet sich dir **Rollenspiel alter Schule** im neuen Gewand!

Gestalte deinen Charakter nach deiner Vorstellung. Ein **Kaleidoskop von Fertigkeiten und Zaubersprüchen**, Stabzaubern, Artefakten und Elixieren unterstützt dich dabei, ihn so facettenreich wie nie zu beschreiben!

Verfolge, wie dein Charakter vom Anfänger zum Helden wird, während du ihn durch **ein motivierendes Erfahrungssystem** führst, in dem jeder alles lernen kann und Stärken und Schwächen **gerecht** verteilt sind.

Verwende die **universellen Regeln** von PORTAL mit deiner bevorzugten mittelalterlichen Fantasywelt.

Dieses Buch enthält alle Regeln, die du brauchst - kompakt und übersichtlich!

Eine spielfreundliche und vielseitige Reverenz an das traditionelle Kampagnenspiel der späten Achtzigerjahre!

Printversion: 132 Seiten, EUR 12,95
PDF-Version: EUR 8,- (bei rpgnow.com)

www.aceofdice.com

# WWW.ACEOFDICE.COM